飛月悲歌

비월비가

飛月悲歌

비월비가

산수화 신무협 장편 소설

통한만리(痛恨萬里)

4

뿔미디어

차례

1.
천라지망(天羅之網)(1)

정이량은 아무런 말도 하지 못했다.

할 수가 없었다. 그것은 비단 정이량뿐만이 아니라 진조월의 담담한 이야기를 듣는 모든 사람이 그러했다.

상상할 수도 없는 이야기가 흐르는 개울물처럼 잘게, 잘게 나아가고 있었다. 그러나 졸졸 흐르는 이야기에 담긴 내용이란 그들의 상상을 아득히 넘어서고 있는 것이었다.

진조월은 시종일관 무표정한 얼굴로 입술을 움직였다. 차가운 얼굴과 눈빛은 변함이 없었고 목소리에도 흔들림이나 고저가 없었다. 평범한 이야기를 평범하게 하는 듯했다.

그러나 정이량은 진조월의 심경이 그 어떤 때보다도 거칠게 일렁이고 있다는 걸 깨달았다. 그것은 외관만 봐서는 알 수 없는 내면의 울림.

기를 다루는 무인이 깨달음을 얻어 경지가 올라가면 보이지 않는 대기의 공명을 볼 수 있고 경험이 쌓이면 상대의 눈을 보며 감정을 읽는 게 크게 어려운 것이 아니었다.

일체의 흔들림 없는 진조월의 모습은 인형과도 같았다.

그러나 실제는 말할 수 없는 고통에 뒹굴고 싶으리라.

사람에게 육체의 고통만이 전부는 아니다.

정이량은 만약 자신에게 이런 일이 일어났다면 어땠을까, 생각하니 모골이 송연해졌다.

격동하는 마음을 감추고 냉정을 가장해 말하는 진조월의 심력이 진심으로 대단해 보였다.

세월의 흐름 앞에서 사람은 얼마나 많이 바뀌는가.

정이량은 진조월이 이토록 바뀌었다는 것에 대해 오히려 당연하다고 생각했다. 그런 말 못할 사정을 겪고도 과거와 같이 맹하게 지냈다면, 그게 더 이상하리라.

다른 어떤 사람의 배신도 비교할 수 없는 천륜의 배신이니까.

정이량은 한탄했다.

'눈이 있어도 볼 줄 모르고 귀가 있어도 듣질 못했으니, 내 지금껏 살아 온 사십 년 인생이 이토록 얕은 것이었을 줄이야.'

물론 진조월이 거짓말을 하고 있을 가능성도 배제하진 못한다. 그러나 그간의 경험이, 진조월의 눈빛이, 그의 목소리가 진실이라고 알려 주고 있었다.

거기에 모용광의 말과 제영정, 여설옥의 행동들은 진조월의 진실성을 뒷받침해 주는 역할을 한다.

하지만 정이량은 신중해야 된다고 생각했다.

확신이 든다면 과감하게 행동할 수 있지만, 지금 당장 그리 움직이기에는 사안이 커도 너무 컸다.

실제 진조월은 배반을 하지 아니하였고, 철혈성주의 욕망으로 인해 패륜아가 되어 버렸으니 오히려 진조월은 피해자라 해도 무방할 것이다.

더군다나 철혈성주가 어떤 것을 노리는지, 진조월은 투명하게 말하지 않았지만 숨겨진 이야기의 크기를 짐작컨대 상상하기 어려울 것이 분명할 터.

이것은 결코 간단하게 생각할 수 있는 문제가 아니었고 선부르게 움직일 수 있는 문제도 아니었다.

진실이란 항시 쓰디쓰며, 생각지도 못한 곳에서 안개처럼 스며드는 고약함이 있다는 것을 정이량 정도의 무인이 모를 리 없었다. 그러나 그는 끝까지 신중했다.

그는 진조월에게 물었다.

"진 공자님. 혹 물증이 있습니까?"

신중하지만 아직 경험이 없고 혈기도 제법 있는 젊은이들, 쉽게 말해 제영정이나 여설옥은 의아한 눈으로 정이량을 바라보았다.

그를 바라보는 두 사람의 눈길에는 약간의 분노도 숨어 있었다.

아픈 기억을 모조리 끄집어낸 진조월이었다.

진조월 스스로가 바라지는 않겠지만, 동정을 해도 모자랄 판에 저리 냉정하게 말하는 것이 그들은 마음에 들지 않았다.

그러나 그들은 끝까지 침묵을 지켰다.

감정은 감정이고, 이성은 이성.

그들은 진조월과 정이량의 대화에만 집중하리라 노

력했다.

진조월은 고개를 저었다.

"철혈성주가 물증을 남길 정도로 어설픈 이였다면 애초에 이런 상황도 오질 않았을 터, 설혹 있었다 해도 내가 아니라 이미 칠왕들이 철혈성주를 대외적으로 매장시켜 가며 공격했을 것이오."

그래도 과거 스승이자, 목숨을 구해 준 사람.

그런 이를 향해 철혈성주라고 유감없이 말하는 진조월의 말투에서는 한 점의 감정도 실리지 않았다.

제영정과 여설옥은 심경이 복잡했다. 철혈성주는, 이유야 어찌 되었든 그들의 스승이 아니던가.

반면 정이량은 그에 신경을 쓰지 않았다.

진조월의 대답, 허를 찌르는 대답이었다. 동시에 옳은 말이기도 하였다. 그의 눈동자가 침중하게 가라앉았다.

'이것이 사실이라는 전제 하에, 분명 일리가 있는 말이다. 칠왕들이라면 능히 그랬겠지. 진 공자의 말에는 빈틈이 없다. 어쩌면 정말로……'

나이가 많고 적음을 떠나 적을 두었던 곳의 추악한 진실을 알게 된 충격은 강렬할 수밖에 없었다.

천하 제일 궁수라 불리는 정이량도 그 부분에서 벗어날 수 없으리라. 그는 살짝 탄식했다.

'불온한 움직임이 있다고는 생각했지만 이 정도로 거셀 줄은 몰랐다.'

철혈성 본 단에서도 정예로 꼽히는 부대의 대장이라면, 그것도 등천용궁대 정도의 대장이라면 문파에서 장로에 준하는 대우를 받는다고 할 수 있다.

더군다나 쟁투가 벌어지면 바로 투입이 될 정도로 대단한 믿음을 주는 부대가 등천용궁대다.

즉, 정이량의 위치는 가히 철사자조의 총조장인 황철성과 비견할 만했다.

위치가 위치이다 보니 들리는 말도 많고 접하는 소식도 다양하며 홀로 강호를 떠돌 때와는 또 다른 부분이 보이기도 한다.

하지만 정이량은 철혈성의 무력을 관장하는 부분, 적당 무리들의 움직임에 대항하는 부분에서는 눈과 귀를 열었어도 정치를 하는 곳에는 관심을 두지 않았다. 천생 무인인 그는 아무래도 정치하고는 거리가 멀었다. 전략전술이라면 몰라도 정치에 머리를 쓰는 것을 꺼려했다.

하나 애써 막아 두어도 들리는 미묘한 소문은 있다.

정이량은 눈을 감았다.

'근 삼 년간 비선각에 성주님이 자주 드나드셨다고 하였다. 비선각이라……. 성내 최대 비밀장소. 그 외에 명완석의 움직임이라든지, 암살에 능한 이들의 잦은 출격이라든지 성주의 비령으로 떨어진 명도 많았다. 도대체 무슨 일이 일어나는 것인가.'

알 수가 없었다.

칠왕들은 도대체 철혈성주의 야망이 어떠한 것이기에 기필코 막으려 세상에 나온 것일까?

더군다나 그들의 뒤를 후원해 주는 이들은 어떤 이들일까?

자파의 이익 문제가 아니라 민생을 위해 칠왕들에게 힘을 실어 주는 그들의 정체는 또 무엇일까?

정이량은 속으로 고소를 지었다.

'나는 정말이지 아무것도 모르고 있었구나…….'

아무리 눈을 닫고 귀를 닫았다 해도 철혈성에 드리워진 약간의 암운(暗雲)조차 신경을 쓰지 않았다는 것은 문제가 있었다.

어쩌면 그러한 암운 속에서 발버둥치는 것이 성정과

맞지 아니하다는 변명 하에 피하고 있었는지도 몰랐다. 그는 스스로를 자책했다.

가벼운 한숨으로 마음을 다스린 정이량은 고개를 들어 진조월을 바라보았다.

여전히 차가운 눈빛. 미동조차 없는 얼굴.

온몸에 피가 덕지덕지 묻은 몸, 비록 피륙만 베였다고는 하나, 그 고통이 결코 작지 않을 터임에도 얼굴에는 아파하는 기미가 하나도 없었다.

이미 깊이를 알 수 없는 내공력으로 인하여 상처가 빠르게 치유되고 있다곤 하더라도 진조월의 인내심은 가히 초인적이라 할 수 있을 것이다.

그도 아니라면, 정신적 고통이 커서 육체의 고통은 느껴지지도 않은 것일 수도 있다.

그 어떤 이유라 할지라도 지금 진조월의 모습은 평범하진 않았다. 정이량은 입술을 꾹 다물다가 이내 다시 열었다.

"하면 어찌하실 작정이십니까?"

진조월의 눈동자에 약간의 의아함이 물들었다. 정이량의 물음은 너무 포괄적이었다.

"진 공자님의 마음은 알겠습니다. 진 공자님 입장에

서는 철혈성에 대해 복수를 감행하기에 마땅하다는 것도 알겠습니다. 하지만 지금 당장은 어찌하실 겁니까? 저나 등천용궁대가 공자님의 앞길을 막지 않는다 해도 이곳에 펼쳐진 천라지망은 결코 쉬이 볼 수 있는 것이 아닙니다. 셋이서 돌파하기에는 아무래도 상당히 어려울 것입니다."

제영정과 여설옥의 얼굴이 굳어졌다.

그들은 내심 당황했다.

사태가 돌아가는 것을 보니 정이량이나 등천용궁대는 진조월에게 별 악감정이 없다는 것을 알았다.

오히려 그를 이해하고 먼저 다가오는 입장이 아닌가. 그렇다면 당연하게도 자신들을 도와줄 줄 알았는데, 정이량의 말을 들어 보니 마냥 그럴 것 같지도 않았다.

공사의 구분은 할 줄 알면서도 보고 싶은 것만 보는 것.

세상의 험함을 제대로 겪지 못한 미숙한 이들의 마음가짐을 그대로 보여 는 그들이었다.

반면 진조월은 달랐다.

그는 고개를 저었다.

"정 대주와 등천용궁대가 끼어들지 않는다는 것 하

나만으로도 나의 부담은 압도적으로 줄어드오. 보이지 않는 화살이 사라졌으니 능히 헤쳐 나갈 자신은 있소."

진정 대단하다 아니 말할 수 없는 배포요, 자신감이다.

정이량은 속으로 감탄했고 두 명의 부대주들 중 한 명이자 여인의 몸으로 벌써 천하에서 열 손가락 안에 드는 궁술의 귀재로 명성을 떨친 이화영도 감탄했다.

'도와달라 했다면 대주님께서는 심사숙고하실 것이지만, 이내 허가를 내리실 것이다. 한데도 한 점의 머뭇거림 없이 선을 그었다. 그만큼 무공에 자신감이 있다는 뜻인가? 물론 그것도 있을 테지만 자신 때문에 남이 피해 보는 걸 가장 꺼려 하는 성격이기도 하다. 변하지 않은 게…… 조금은 있구나.'

등천용궁대가 진조월을 노리지 않고 놓아 주었다는 것만으로도 이미 철혈성 측에서는 배신이라 말할 수 있는 부분이었다.

말 그대로 항명(抗命)인 셈이다.

그것은 정이량도 알고 이화영을 비롯한 등천용궁대의 대원들 전부가 알고 있었다.

그럼에도 이백 명의 수하들이 정이량을 따라 이곳까

지 왔다는 것은, 정이량이 얼마나 수하들에게 많은 신임을 받고 있는지를 단적으로 보여 주는 바였다.

하나 문제는 그것이 아니었다.

진조월을 놓아 주는 순간부터 등천용궁대는 철혈성에서 척결 대상이 되어 버렸고 결국 이제부터는 등천용궁대나 진조월의 처지나 다를 것이 없어졌다.

그렇다면 좋으나 싫으나 진조월과 등천용궁대는 함께해야 할 입장이 되는 것이다.

수를 헤아리기도 힘든 아수라장을 겪어 나가면서 무수한 경험을 쌓은 진조월이 이걸 모를 수가 없었다.

철혈성주는 성내 무인들의 전폭적인 지지와 신임을 받는 사람이지만 명령에 반하는 이들을 그냥 놔둘 정도로 물렁한 사람도 아니었다.

이미 등천용궁대의 행동은 천라지망을 펼쳤던 무수한 무인들의 시선으로 인해 낱낱이 철혈성주에게 알려지게 될 것이다.

그럼에도 선을 그었다는 건 무슨 뜻인가?

'동료로서 움직이진 않겠다. 자체적으로 움직여라. 나의 말을 믿지 않아도 상관없다. 스스로 알아내어 사건의 진상을 파헤쳐라. 훗날 만나 인연이 된다면, 우리

의 인연은 그때부터 시작이다.'

섣부르게 손을 잡을 수 없다는 것은 등천용궁대나 진조월이나 다를 게 없었다.

진조월로서는 자신 때문에 과거의 인연 중 그래도 제법 가까웠고 존경했었던 이, 정이량이 피해를 보는 것을 싫어하기도 했지만 바로 손을 잡아 상황을 타파하는 것이 아무래도 부담일 수밖에 없었다.

그렇지만 정이량의 생각은 달랐다.

그는 가만히 생각에 잠기다가 한숨을 쉬었다.

유난히 한숨을 많이 쉬는 그였다.

"진 공자님은 아무래도 북쪽으로 돌파하실 생각이겠지요?"

진조월은 입을 열지 않았다.

무언의 긍정이었다.

"저희 역시 방향을 그리로 잡아야만 합니다. 날 도와줄 사람들을 만나기 위해서는 어쩔 수 없는 일이지요. 진 공자님의 뜻을 알겠으니 우리도 우리 나름대로 움직일 부분이 있을 듯합니다. 그러나 최소한 이곳에서만큼은 합심하지 않으면 서로 힘들어질 수밖에 없겠군요."

진조월의 차가운 눈동자에 광채가 어렸다.

정이량이 살짝 웃었다.

"양동작전을 생각하고 계셨겠지요?"

느닷없는 말이라서 모두의 고개가 갸웃거려졌다.

하지만 진조월은 고개를 끄덕였다.

"그렇소."

"제 생각은 다릅니다."

"……?"

"철혈성 본단의 무력 부대들 중 저희 등천용궁대와 혈영검단이 출진하였다고, 각 지부장들은 알고 있겠지만 따로 은밀하게 뒤이어 출발한 부대가 하나 있습니다. 부대라고 하기에는 어폐가 있군요. 소수의 정예 무인들이니까요."

다소 굳어진 정이량의 말투를 볼 때 보통 부대는 아니리라.

정이량은 침중한 눈으로 진조월을 바라보다가 천천히 입을 열었다.

"삼절(三絶)과 삼사(三死), 마지막으로 삼마(三魔)까지 왔습니다."

제영정과 여설옥의 얼굴이 파랗게 질려 버렸다. 항

상 차가운 얼굴로 미동이 없었던 진조월의 얼굴에도 언뜻 굳은 기색이 역력하다.

그가 얼마나 많이 놀랐는지 단적으로 보여 주는 모습이었다.

정이량이 말하는 삼절과 삼사, 삼마라는 이름을 모를 수가 없었다.

그들만이 아니라 강호에서 그들을 모른다면 무사라고 할 수 없을 정도로 유명한 이들이었다.

정확하게는, 삼사는 모를지언정 삼절과 삼마를 모른다면 무인이 아닐 것이다.

삼절이라 하면 무종삼절(武種三絕)을 말하는 것이고, 삼사라고 하면 암영삼사(暗影三死)를 말하는 것이리라. 그리고 마지막으로 삼마라 하면 광혈삼마(狂血三魔)가 분명했다.

원나라의 태조이자 몽고 역사상 최고의 수완가라 불리는 철목진(鐵木眞—테무진, 칭기즈칸)이 대륙을 지배하여 한인(漢人)들이 핍박을 당한 세월이 백이, 삼십여 년.

강호 무림인들이야 그러한 부분에서 다소 자유로웠다고 하나, 그렇다고 대륙의 주인이 되어 버린 몽고족의 시선에서 활개를 치고 다닐 수는 없었을 터.

많은 한의 무인들이 심산유곡에 은거하여 훗날을 기약하기에 이르렀다.

그런 원나라, 몽고족을 몰아내면서 한인들의 나라 명나라가 세워지고 은거했던 무수한 무인들이 후인들을 두어 세상에 모습을 드러내니, 나라가 안정되기도 전에 강호 무림 역시 혼돈으로 물들어 가기 시작했다.

그러한 혼돈을 평정해 버리고 강력한 위엄으로 세상을 향해 포효했던 이가 철혈성주였다.

그러나 철혈성주가 나타났다고 하여 그토록 절륜한 무학으로 세상을 놀라게 했던 고수들 모두가 그의 밑으로 들어선 것은 아니었다.

암영삼사의 경우 철혈성주가 정식 제자들은 아니었으나 수십 년간 생사고락을 함께했었던 수하들이었다.

한 명, 한 명의 나이가 이미 오십을 넘겼으니, 그들의 노련함이야 말할 필요가 없을 터.

게다가 그들은 특이하게도 단순한 무공이 아닌 살수의 무공을 익혔다고 하였다.

단 세 명이서 철혈성주의 호위부대 중 하나를 맡고 있는 불세출의 살수들.

하지만 암영삼사만 무서운 것이 아니었다.

한 부문의 무학에 하나씩 정통하여 삼절(三絕) 즉, 무종삼절은 제각기의 무력이 대문파 장문인에 필적한다고 알려진 고수들로써 각기 권절(拳絕), 장절(掌絕), 검절(劍絕)이라 한다.

또한 세 명의 마왕들이라 알려진 광혈삼마는 거의 요괴들의 재림이라 불릴 정도로 괴이한 겉모습과 끔찍한 마공의 소유자들로 사람 죽이기를 예사로 아는 최악의 악귀들이었다.

이미 한 지역의 패주 자리로도 과할 정도의 무학을 가진 이들이 삼마였다.

무종삼절의 경우 철혈성주와의 결투에서 패한 뒤, 그의 신적인 무공에 감동하여 스스로 자처해 수하가 된 인물들이었고, 광혈삼마는 세상에 끼치는 해악이 지나치게 심각해 성주가 직접 잡아들여 지하 감옥에 가둬 둔 악인들이었다.

진조월은 속으로 터질 것 같은 분노를 다독여야만 했다.

'철혈성주. 그들까지 출진시킨 것을 보아하니 그 욕심의 과함이 도를 넘어섰구나. 그렇게까지 나를 잡고

싶었나?'

지금이라면 모르겠으나, 과거 삼 년 전의 진조월이었다면 이미 잡혔거나 운이 좋았어도 심한 내외상 때문에 거동조차 하지 못했으리라.

거기에…… 삼절과 삼사, 삼마라면 과해도 너무 과했다.

이는 철혈성주가 반드시 진조월을 잡겠다는 의지의 표현이다.

삼 년의 시간 동안 깊은 참오와 전대 오왕의 도움, 그리고 광야종까지 체득하여 훨씬 드높은 무학의 경지를 이루었다고는 하지만, 그렇다고 그 모두를 상대함에 있어 여유를 가질 정도로 고강하지 못한 게 현실.

철혈성주의 웃음소리가 저 멀리서 들리는 것 같았다.

무슨 수를 써서라도 네놈을 잡고야 말겠다는 고약한 음성이 천지사방에서 울리는 듯하다. 진조월의 몸에서 스산한 기파가 안개처럼 피어 올랐다.

그를 떠올리는 것만으로도 참을 수 없는 살심이 들끓었다.

이 무지막지한 살기에 등천용궁대 대원들은 자신들도 모르게 두어 걸음을 물러서야만 했다. 그들에게 쏘이는 살기가 아니라 스스로 참지 못해 풍기는 살기였지만, 그럼에도 버티기가 힘들었던 것이다.

정이랑마저도 안색이 창백해졌다.

바로 앞에서 보이는 광기 어린 살기를 대하자 심장이 덜컥한 것이다. 차가운 눈동자 속에서 이글거리는 살기는 가히 용암이라 불릴 만했다.

'정말 말도 안 되는 살기다. 이 정도로 처절한 한을 품으셨던가?'

진조월은 이를 으스러져라 악물다가 이내 자신의 실책을 깨닫고는 재빨리 살기를 거두었다. 기세를 발산하는 것도 무자비했지만 거두어들이는 속도 역시 무척이나 빨랐다.

무공의 경지가 화경을 넘어선 정상급 고수들만이 보일 수 있는 모습이었다. 이곳에 있는 모든 고수들은 자신들도 모르게 감탄했다.

하지만 진조월은 자책했다.

'흥분했다. 스스로를 바르게 세우자. 이러면 안 된다.'

반나절도 지나지 않아 무수한 피를 보고, 엄청난 수의 인명을 살상했다. 거기에 체내 깊숙한 곳에서 따리를 틀고 있는 광기의 괴물, 광야종이 자극을 받아 조금만 살의를 품어도 광란에 가까운 움직임을 보이고 있었다. 그는 가볍게 심호흡을 하며 마음을 안정시켰다.

"그렇다면 이곳을 빠져나갈 때까지는 어쨌든, 손을 잡아야 한다는 것이로군."

"그렇습니다."

"그들의 위치를 알 수 있겠소?"

"삼사의 경우 서남쪽에서 대기를 하고 있다 들었습니다. 하지만 삼절과 삼마는 북쪽에서 가까운 데에서 기다리고 있을 겁니다. 게다가 저들 역시 나와 용궁대가 진 공자님과 대담을 하고 있음을 알았으니 그 소문 역시 빠르게 퍼질 것이고, 이내 삼사까지 이곳으로 몰려올 겁니다."

삼절과 삼마도 무섭지만 어둠 속에서 무차별 살수를 펼칠 삼사까지 더해진다면 피해가 막심해질 수도 있다.

진조월의 한기 어린 얼굴이 더욱 차가워진다.

"결국 속도전(速度戰)이 되어야 한다는 것이로군."

"정확합니다."

"갑시다."

더 이상 쓸데없는 대화는 없었다. 문제를 파악했고

나아갈 길이 제시가 되었으면 조금의 망설임도 없이 움직인다.

그렇게 진조월과 제영정, 여설옥은 물론 정이량이 대주로 있는 등천용궁대까지 한 번에 움직이게 되었다.

그들이 향하는 곳, 바로 북쪽이었다.

*   *   *

철혈성의 절강 지부장 귀랑요권 도성광은 초조했다.

비록 눈으로 직접 본 상황은 아니지만 저 산 위에서부터 터져 나오는 비명 소리와 봉우리 하나를 통째로 뒤엎을 만한 살기를 느끼지 못할 정도로 감이 떨어진 고수가 아닌 그였기에 그는 연신 주먹을 쥐었다 폈다를 반복했다.

더군다나 한 번씩 하늘 높이 피어오르는 폭죽의 색깔을 보건대 일이 제대로 되고 있질 않다는 걸 알았다.

도성광의 심정만 그럴까.

부지부장이자 그의 오른팔이라 할 수 있는 명부마도 강산홍 역시 초조했다. 하지만 그는 외려 도상광을 안심시켰다.

"너무 걱정하지 않으셔도 될 듯합니다. 묵염창기대야 그렇다 치더라도 혈영검단과 등천용궁대까지 가세하지 않았습니까? 그 정도 병력이라면 설혹 강남십대고수나 강북십대고수 중 한 명이라도 충분히 잡을 수 있는 병력입니다."

도성광 역시 이 정도 병력이라면 오히려 과하다고 생각하는 사람이었다.

물론 강산홍의 말에서 반박할 요소가 없다는 건 아니었다.

흔히들 말하는 절대고수라 하는 인물들의 힘이 얼마나 무지막지한지, 한 명이서 문파 하나를 지워 버리는 건 일도 아니란 사실을 잘 아는 사람이 도성광이었다.

그리고 그것은 강산홍이라고 모르는 바가 아닐 것이다.

하지만 아무리 생각해도 진조월이 그 정도로 막강한 고수라고는 생각하지 않았다. 살았다면 이제 나이가 삼십에 불과한 애송이 아니던가.

더군다나 삼 년 전 치명적인 상처를 입었다고 하니 무력의 수준도 그때와 별다를 것이 없다는 게 그의 생각이었다.

설령 진조월이 더욱 강건해졌다 해도 걱정은 없으리라 자신하는데, 혈영검단까지는 어찌하나 치더라도 등천용궁대의 화살은 절대로 감당할 수 없다, 생각하기 때문이다.

한 명, 한 명의 무위는 초절정이라 할 수 없지만, 보이지 않는 곳에서 번개보다 빠르게 쏘아지는 그들의 화살은 그야말로 재앙에 다름 없었다.

만약 그들이 마음먹고 산악전에서 힘을 쓴다면 살아남을 자, 강호 전역을 뒤져도 열을 넘지 않으리라 도성광은 확신했다.

철혈성 최강의 군사 부대인 묵룡창기병대와 등천용궁대가 동시에 출격을 한다면 설령 황궁의 백만 대군과 맞붙더라도 십만 이상을 쓸어버릴 수 있다고 생각하는 사람이 도성광이었다.

그렇다 보니 지금의 걱정은 아무런 쓸모가 없는 것이 당연하다면 당연했다.

한데 그럼에도, 이상하게 불안하다.

이십 년 이상 강호를 질주해 왔던 도성광의 감각이 위험을 알리고 있었다.

아니나 다를까 일각 후, 한 명의 전령이 재빠르게 나

타나 그의 앞에 부복하며 이르길.

"지부장님! 목표물이 묵염철기대와 혈영검단을 격파하고 계속하여 내려오고 있답니다!"

도성광과 강산홍의 얼굴이 굳어졌다.

"묵염철기대와 혈영검단을 격파했다고?"

믿을 수 없는 일이었다.

적어도 그들을 모조리 박살 내기 위해서라면 화경에 달하는 무력이 필요하다.

아니, 설령 그 정도의 고수라 해도 노련한 혈영검단의 전투적인 검진과 전략전술에는 막히고야 말 것이다.

그런데도 뚫었다?

하지만 도성광의 놀라움은 이제 시작이었다.

한 줄기 빛살처럼 날아온 또 한 명의 전령이 떨리는 음성으로 말했다.

"지부장님께 아룁니다! 현재 목표물과 등천용궁대가 함께 행동하며 천라지망을 부수고 있다 합니다!"

"뭣이라?!"

이건 무슨 해괴한 말이란 말인가? 얼핏 이해되지 않는 말이었다.

강산홍이 전령을 거칠게 독촉했다.

"똑바로 말해라! 그게 무슨 소리냐?!"

전령 역시 믿을 수 없는 심정인지 입술까지 부들부들 떨면서 얘기하고 있었다.

"등천용궁대가…… 배신을 했습니다!"

도성광과 강산홍의 얼굴이 정말 딱할 정도로 처참하게 변해 버렸다.

*　　　*　　　*

진조월의 손속은 참으로 격렬했다.

지독한 살기가 있지도, 필요 이상으로 잔인하지도 않았지만 마치 만 장 단애 밑에서 거칠게 휘몰아치는 격류를 닮았다.

그렇게 힘들고 많은 싸움을 거쳤음에도 내뻗는 손에서 나아가는 장력과 권력은 대단히 파괴적이었다.

하물며 거칠어 보이는 그의 손속은 그저 대책 없이 강해 보이기만 했으나, 그 속에 숨은 묘리가 고차원적인지라 피하기도 마뜩찮았다.

비록 상황에 따라 내공의 강유를 조절하며 극에 이른 효율을 자랑하는 진조월의 무학, 하나 겉으로 보이기에는 한없이 거칠기만 하였다.

휘몰아치는 태풍과도 같았고 노한 파도와도 같았다.
더하여 그 위력은 우박처럼 쏟아지는 용암과 같았다.
돌진하는 속도는 질풍이요, 내치는 손에서 뿜어지는
경력은 벼락이었다.

그의 앞을 가로막는 모든 것이 가느다란 나뭇가지처
럼 볼품없이 부러지고 날아가 버렸다.

사방에서 조여 오는 철강괴망은 참룡금조수로 찢어
버리고, 살벌하게 쏘아지는 검광(劍光)과 도광(刀光)
은 강철보다도 단단한 그의 주먹에 인해 모조리 박살
이 났다.

그 뒤를 따르는 등천용궁대는 화살 한 대 날릴 필요
조차 없을 정도였다.

정이량이 걱정스러운 눈으로 진조월의 뒷모습을 바
라보았다.

'필요 이상으로 과하게 힘을 쓰는 듯하다. 왜 그런
가? 용궁대에게 맡겨 주어도 될 텐데……'

생각을 하면서도 정이량은 아차 싶었다.

그는 살짝 뒤를 돌아보았다.

거친 산의 비탈면에서도 산뜻한 신법으로 따르는 대

원들이 보인다.

비록 정이량은 혼인을 하지 않았지만 정말 자식처럼 생각하는 대원들이었다.

한 명, 한 명 손수 가르침을 주고, 궁술의 처음과 기본부터 손을 봐 주었던 이들이었다.

그들과 정이량의 관계는 그 무엇으로도 끊어 내지 못할 실로 연결이 되었다고도 할 수 있었다.

그랬기에 정이량은 대원들의 표정에서 약간의 경직됨을 느꼈다.

'그랬구나.'

자신만이 아니라 대원들 역시 철혈성 소속의 무인으로 지금까지 활동했던 이들.

자신을 믿고 따라 지금의 상황에 도달했지만, 아무리 그래도 한때나마 한솥밥을 먹던 이들에게 화살을 날리기에 주저함이 있었을 터.

당장 자신만 해도 활만 만지작거리고 있지 아니한가.

마음의 준비가 되지 않았음이다.

부대주인 이화영과 모영건(毛榮健)은 냉철한 눈으로 사방을 훑어보며 혹시 모를 위협에 대비하고 있으나 그들이라고 편치는 않을 것이다.

그리고 그들의 마음을 진조월은 알았다.

그들 보다 나이는 어릴지언정 훨씬 더 이전에 스승의 배신과 아픔을 겪었던 진조월이었다.

그 역시 형제처럼 지냈던 성의 무인들에게 칼을 겨누어야 했고, 그것이 쉽지 않음을 예전에 깨달았을 것이다.

진조월의 손속이 과하게 광범위해진 이유가 있었다.

그는 등천용궁대를 나름 배려하고 있다.

정이량은 탄식했다.

'이것이 무언가. 나이만 먹었지 독해야 할 때 정작 독하지 않은 나는 철부지와 다를 바가 없다. 참으로 부끄럽구나.'

물론 사람 죽이는 일이 자랑일 수는 없었다.

그러나 아무리 한솥밥을 먹었다 하더라도 몸을 돌린 순간부터는 적이 되는 강호 무림에서 마음을 독하게 먹어야 함은 당연하다.

강호를 살아가는 무림인의 숙명이리라.

그는 조금 더 빠르게 신법을 전개하며 진조월의 옆에 도달했다.

"진 공자님, 힘을 아끼십시오. 등천용궁대는 약하지

않습니다."

진조월은 사방팔방으로 손을 휘두르면서도 정이량의 말을 들었다.

그만이 아니라 등천용궁대 전 대원들이 정이량의 말을 들었다.

그들은 바보가 아니었다. 굳이 정이량이 내공까지 써 가며 모두에게 들리도록 그런 말을 했는지 이해하는 데에는 많은 시간이 걸리지 않았다.

한순간에 대원들의 눈빛이 돌변했다.

그렇다.

물릴 수 없는 길을 가고 있는 그들이었다.

이미 저들에게는 등천용궁대가 배신을 했다고 정보가 갔을 터, 그렇다면 이제부터는 살기 위해서라도 독해질 수밖에 없는 것이다.

아무리 그래도 대주의 한마디에 갈 길을 다잡는 그들의 전투적인 마음가짐과 독심은 남다른 것이었다.

순간적인 판단력으로도 철혈성 제일을 달리는 등천용궁대의 대원들다웠다.

마음을 달리 하니 신법을 전개하는 그들의 발걸음부터가 더욱 역동적으로 변해 가고 있었다.

진조월은 신법을 펼치면서도 가만히 정이량을 보다가 고개를 끄덕였다. 정이량의 눈을 보며 그가 어떠한 다짐을 했다는 걸 깨달았기 때문이다.

"전 대원들은 활에 화살을 메겨라! 일조(一組)는 파산시(破山矢), 이조(二組)는 세우시(細雨矢)를 준비하라!"

일조의 조장이자 부대주 중 한 명인 모영건을 시작으로 남성으로 구성이 된 일조의 궁수들은 모두 길고 두꺼운 화살을 활에 걸었다.

굵기나 크기나 보기만 해도 질릴 것만 같은 패기 넘치는 화살이었다. 세상에 어느 궁수들이 이러한 화살을 쓸까.

이조의 조장이며 동시에 부대주 중 한 명인 이화영을 시작으로도 이조의 궁수들은 화살을 건다.

그들 모두 낭창낭창 금방이라도 부러질 것 같은 화살을 꺼냈는데, 이것이 일전 여설옥에게 쏘았던 세우시였다.

파산시는 바위조차 단박에 관통할 정도로 무쌍의 파괴력을 자랑하는 괴력의 화살, 세우시는 미세한 틈만 있어도 제멋대로 휘어져, 피하기도, 막기도 벅찬 섬세

한 화살이었다.

내공의 운용을 어떻게 하느냐에 따라 다르지만 등천용궁대가 출전 시 상대의 기를 꺾을 때 사용하는 유명한 화살들이 바로 파산시와 세우시였다.

정이량이 파산시와 세우시를 장전시켰다 함은, 그의 의지 그리고 그들의 의지를 확실하게 표현하고자 하는 마음이리라.

화살을 먹인 용궁대 대원들의 눈빛은 어느새 먹이를 노리는 포식자의 그것처럼 맹렬하게 빛나고 있었다.

전투가 시작되면 오로지 적의 완벽한 섬멸만을 위해 무조건 돌진한다는 살육의 부대.

묵룡창기병대와 함께 철혈성을 양분하는 전술부대의 위용이 마침내 이곳, 남안탕산에서 전설적인 재림을 선보이고 있었다.

뿌드득, 하며 시위 당겨지는 소리가 한 번에 들려왔다.

동작의 신속함은 물론 유려한 움직임, 강인한 힘이 포효하는 듯한 기세까지 그들의 투기는 하늘 끝까지 치솟았다.

역동적인 신법을 펼치면서도 시위를 당기는 그들.

그리고 마침내 우거진 나무들이 사라지고 탁 트인 개활지에 도달했을 때.

"사격!"

파아아악!

허공을 찢어발기며 쏟아진 무수한 파산시의 향연.

와선으로 돌아가며 직선으로 쏟아지는 파산시들은 파멸의 전주곡을 알리고 있었다.

그리고 그 파산시에 재물이 되는 이들은 산의 하단부부터 투입이 되는 절강지부의 무인들이었다.

갑작스러운 공격이었다.

시기도 시기지만, 설마 이런 광범위한 화살 세례가 날아올 줄은 감히 상상조차 하지 못했던 무인들이었다.

설령 알았다 하더라도 막을 수 없었겠으나 느닷없이 쏟아진 엄청난 파산시들은 절강지부 무인들에게 있어서는 재앙에 다름이 아니었다.

퍼버버벅!

"크아악!"

"뭐, 뭐야?!"

한 명당 한 발.

정확하게 한 명씩을 맞춘 파산시.

그만큼 절강지부 무인들이 많이 분포해 있었다는 말이지만, 그럼에도 마치 서로 입이라도 맞춘 듯 정확하게 따로 사격을 한 일조 대원들의 궁술은 신기에 이르렀다 해도 과언이 아니었다.

더욱 무시무시한 것은, 무인들을 관통했음에도 불구하고 여력이 남아 그 뒤까지 뚫고 나아가는 위력을 발휘했다.

공기를 모조리 찢어발긴 채 회오리치며 날아간 파산시는 한 명씩을 관통하고도 힘이 남아 그 뒤에 선 무인들, 혹은 나무까지 뚫어 버리기에 이르렀다.

개중에는 바위를 뚫다가 중간에 멈춘 화살까지 있었다.

실제 등천용궁대의 위력을 처음 본 제영정과 여설옥은 입을 떡 벌렸다.

말도 안 되는 위력.

도대체 이런 어마어마한 궁술이 어떻게 존재하는지 알 수가 없었다.

더군다나 절강지부 무인들이 분포한 거리까지만 해도 거의 육십여 장에 달했다. 그러한 거리를 곡사(曲射)도 아니고 직사(直射)로 빛살처럼 날아가 관통하는 파산시의 무식한 위력에 소름이 돋는다.

하지만 그들의 놀라움은 거기서 끝이 아니었다.

파산시가 날아가자마자 뒤이어 쏘아진 백 발의 세우시는, 파산시와·달리 하늘 높이 쏘아지는 곡사였다.

워낙 가느다랗고 낭창거리는 화살이라, 쏘아지는 순간 범부의 눈에는 보이지도 않을 것이다.

그러한 화살이, 뒤에 처리가 되지 않는 무인들을 향해 소나기처럼 쏟아져 내렸다.

화살 하나, 하나에 눈이라도 달린 것처럼 중간에 휘어지고 틀어지는 세우시들은 후방에서 어지럽게 움직이는 무인들을 한 명씩 맞춰 가고 있었다.

파산시는 그 굵기가 어마어마해서 몸통 어디에라도 맞는 순간 치명상이지만, 세우시는 지나치게 얇아서 관통이 되어도 살 확률은 높아진다.

그렇지만 그러한 세우시가 머리나 목, 경동맥, 단전, 사혈(死穴) 등을 꿰뚫어 버리면 상황은 달라진다.

마치 치명적인 곳이 어디인지 스스로 아는 듯 그들의 급소를 향해 휘어지고 튕겨지는 세우시들은 오히려 파산시보다도 공포스러운 처참함을 선사한다.

끔찍한 비명이 산을 울렸다.

한 명당 한 발씩의 화살을 사용했음에도 불구하고 무려 이백 명이 넘는 사상자를 내 버린 이 사태에 진조월조차도 놀라 버렸다.

'과연 등천용궁대.'

만약 정이량과 등천용궁대가 천라지망에서 자신을 노렸으면 어땠을까 생각하니 등골이 오싹해진다.

이들의 궁술이 엄청난 줄은 알았지만 이렇게 직접 본 것은 진조월로써도 처음이었다.

감당할 수 있는 부대가 아니다.

흔히들 얘기하는 절대고수라면 몰라도, 그보다 떨어지는 고수들이라면 운이 하늘에 닿지 않은 이상 이 무식할 정도로 강인한 궁술부대 앞에서는 살아남을 수 없을 것이다.

그렇게 절강지부의 무인들은 진법으로 진조월 일행을 포위하기도 전에 삼분지 이에 해당하는 사상자가 나 버렸다.

사실상 등천용궁대의 화살 한 방씩으로 진법 자체가 와해되어 버린 것과 다를 바가 없었다.

게다가 철혈성 최고의 부대 중 한 곳이라는 등천용궁대의 배신은 그들에게 정신적인 충격까지 주었으니,

아무리 백전에 능한 거친 무인들이라 해도 허둥지둥할 수밖에 없으리라.

그리고 그들의 난삽한 움직임은 등천용궁대에게 더할 나위없는 호재였다.

파산시와 세우시가 아닌 평범한 화살을 건 이백 명의 궁수들.

그렇게 제각기 단 두 발의 화살을 사용한 등천용궁대 대원들에 의해서 절강지부의 대부분의 무인들이 몰살을 당하고야 말았다.

아무리 실력에서 차이가 나고 등천용궁대의 궁술이 공포스럽다지만 믿기 힘든 일이었다.

하지만 그들의 전진은 이곳에서 멈추어야만 했다.

진조월의 눈에 광채가 나고 정이량 역시 뭔가를 느낀 듯 자신의 거궁(巨弓), 천왕신궁(天王神弓)을 꺼내 들었다.

정이량이 외친다.

"은산개진(隱散開陣)!"

그의 외침이 끝나기도 전에 이백 명의 대원들은 사방으로 샅샅이 흩어졌다.

엄청난 신법이었고 은신술이었다.

옷깃 한 번 스치는 소리 없이 유령처럼 사방으로 뻗어 나간 대원들은 완벽하게 자연에 숨어들었다.

놀라운 광경이었지만 감탄하는 이는 제영정과 여설옥뿐, 진조월과 정이량의 표정은 단단하게 굳어졌다.

"너무 빠르군요."

이미 저 멀리서 미세한 기운을 쏘는 세 명의 고수들이 있음을 간파한 진조월과 정이량이었다.

어지간한 고수라 할지라도 파악하기 힘들 정도로 정제된 기운이었지만, 그것이 진조월과 정이량 정도의 수준이 된다면 이야기가 달라진다.

은밀하면서도 고도로 정제가 된 기.

대단한 고수가 출현했다.

게다가 저 멀리서 광포한 기운을 뿌려 대며 무서운 속도로 합류하는 이들 세 명도 있었다.

진조월은 가만히 걸음을 멈추었다가 뒤도 돌아보지 않은 채 입을 열었다.

"너희 둘도 용궁대 대원들과 함께 이곳에 있어라."

"사형?"

"왜……?"

"삼절과 삼마다. 지금 너희의 실력으로는 방해만 된

다. 이곳에 있어라."

냉정하게 사태를 바라보는 진조월이었다.

내뱉는 말 역시 절대부동이다. 제영정과 여설옥은 가만히 입술을 깨물었다.

진조월과 함께 행동하면서 방해가 되었으면 되었지 도움이라고는 눈곱만큼도 되지 못했던 그들이었다.

그간 보이지 않던 응어리는 제법 풀어졌을지언정 그 것이 위로가 되진 못한다.

무인의 자존심인 것이다.

하지만 당장 눈앞에 닥친 상황에서 자존심만 살려서 는 될 일도 되지 않는다.

말 그대로, 진조월이나 정이량에게 방해만 될 것이 다. 그들은 숨길 수 없는 부끄러운 얼굴로 물러섰다.

여설옥이 한 마디 했다.

"무사하세요, 사형."

여전히 진조월은 대답하지 않았다.

하지만 살짝 유해진 그의 분위기가 대답을 대신한다.

정이량은 힘겨운 싸움이 눈앞에 닥쳤지만, 그래도 감탄했다.

'과연……'

아직은 경험도 미숙하고 어린 제영정과 여설옥이었다.

비록 나이에 비해 높은 무력을 갖추었다고는 하나, 아니, 그랬기에 더욱 자존심이 상했을 것이다.

더하여 그들에게 남으라 한 사람이 다른 누구도 아닌 진조월.

얼마나 자존심이 상할까.

그 비참한 기분은 겪어 보지 못한 이는 알 수 없을 것이다.

그런 기분을 안고서도 순순히 뒤로 물러선다. 그것이 얼마나 힘든 선택인지 정이량이 모를 리가 없었다.

'더욱 강해지실 겁니다. 나중을 위해서라도 지금은 자중하십시오.'

속으로 제영정과 여설옥을 응원한 정이량이다.

대원들과 함께 은신한 그들을 두고 진조월과 정이량은 천천히 걸었다.

굳이 신법을 펼칠 까닭이 없었다. 비록 산이라 하나 제법 넓은 공터였고, 이쪽에서 은신을 했다는 걸 저쪽 역시 알아챌 정도로 충분히 강한 고수들일 것이다.

그들의 예상대로 저들의 움직임이 있었다.

천천히, 아주 천천히 올라오는 이들. 그 숫자가 셋이고, 저 북동쪽에서 다가오는 기운의 숫자 역시 셋이었다.

그리고 마침내 나타난 이들.

이제 봄이 오는 시기여서 겨울은 막바지를 향해 치닫고 있었다.

충분히 추운 날씨임에도 가벼운 경장 차림을 한 세 명의 노인이 나타났다.

신기하게도 노인들은 옷차림에서부터 단정하게 넘긴 머리카락과 목젖까지 오는 수염까지도 닮았다.

얼굴 역시 똑같아서 누가 누구인지 구분하기가 어려웠다. 다만 왼쪽 끝에 선 노인의 경우 허리춤에 장검 한 자루를 매고 있다는 것만이 차이라면 차이겠다.

그중 가운데에 선 노인이 웃으며 입을 열었다.

"오랜만일세, 정 대주. 한데 자네가 선 위치가 가히 좋아 보이지는 않구먼."

정이량의 눈썹이 꿈틀거렸다.

"무종삼절."

태어나기를 세쌍둥이로 태어난 삼절은 어렸을 때부터 몸이 약해 병을 달고 살았지만 홀연히 한 명의 이인

(異人)이 나타나 그들을 제자로 삼으니, 잔병을 없애고 지고의 무공을 하사받아 강호에 출두하여 무서운 기세로 명성을 쌓아 갔다.

철혈성주에게 패배하기 전, 문파에 소속되지 않은 무사들 중에서도 유난히 두각을 나타냈던 고수들이 바로 삼절이었다.

각기 권법과 장법, 검법의 달인들인 그들은 개개인이 일가(一家)를 이룰 정도로 무공 역시 고강했지만, 특히나 세 명이서 펼치는 합격진은 설혹 강북, 강남십대고수라 한들, 단신으로 막아 낼 수 없을 만큼 막강하기로 유명했다.

세상에 은거기인 많다지만, 그래도 강북이나 강남에서 열 손가락 안에 꼽히는 고수라 함은, 가히 절대적인 무력을 갖추고 있다 해도 과언이 아니다.

그러한 고수들 중 한 명이라 해도 삼절이 펼치는 합격진을 막아 낼 수 없다는 뜻은 그만큼 삼절의 합격진이 무시무시하다는 증거이기도 하다.

이미 그들의 나이가 육십이 넘고, 일 갑자에 달하는 세월 간 오로지 무공 하나만을 판 무종삼절의 힘은, 굳이 합격진이 아니더라도 결코 얕볼 수 없으리라.

이름조차 잊어 별호를 이름 삼아 부르는 이들.

첫째 권절(拳絕)이 가볍게 웃는다.

"내 그래도 정 대주의 사리분별이 제법 정확하다 생각했거늘, 사람을 잘못 보았구먼. 어찌 성의 배신자의 옆에 붙어 걸음을 같이 하는가?"

성의 배신자라는 말을 들었어도 진조월의 안색에는 변함이 없었다.

정이량이 고개를 흔들었다.

"이제 와 무슨 말을 하겠습니까. 어차피 선배들은 진 공자님을 노리고 왔을 것이니 무슨 수를 써서라도 무력을 행사할 것이고, 나와 용궁대가 성에 고개를 돌렸음을 못 들었을 리 없으니 결국 우리에게 남은 것은 전투밖에 없을 것입니다."

권절의 미소가 더욱 짙어졌다.

마치 나이 어린 후배를 대견하다는 듯이 보는 듯했다.

그의 양옆에 선 장절(掌絕)과 검절(劍絕) 역시 비슷한 표정이었다.

"과연 그렇군. 무인들 사이에 자질구레한 것은 필요가 없을 터. 이미 푸닥거리를 하러 온 사이들이니 승자

가 모든 것을 갖고 패자가 모든 것을 잃는 것이 바른
수순이겠지. 간단해서 좋구먼."

"그렇습니다."

"하나, 내 나이 육십을 넘게 먹으면서 그래도 젊을
적 혈기를 제법 다듬은 모양일세. 낭만은 아닐 것이고,
자네가 아니라 저 배덕자와 약간의 대화를 나누었으면
하니 잠시 기다려 줄 수 있겠는가?"

시종일관 부드러운 어조였다.

정이량은 재차 고개를 흔들려다가 칼날처럼 날카로
운 한풍의 목소리에 몸을 경직시켰다.

"묻고 싶은 게 뭐냐."

진조월의 목소리였다.

여전히 무표정한 얼굴에 차가운 눈동자, 차가운 음
색이었다.

피도 닦지 않아 조금 섬뜩한 몰골이었다.

검절은 불쾌한 듯 말했다.

"스승을 배신한 패륜아는 뭐가 달라도 다르구나. 그
래도 우리가 너보다 삼십 년을 넘게 더 산 윗사람이거
늘 말투가 참으로 고약하도다."

"어차피 조금 뒤면 죽어 없어질 적에게 예의를 차릴

정도로 난 관대하지 않아. 예의를 원한다면 나이를 들먹이지 말고 품행부터 제대로 갖추도록. 사람 죽이러 다니길 예사로 아는 개백정 주제에 바라는 것도 많군."

진조월답지 않게 상대의 심동을 뒤흔드는 어조였다.

그야말로 촌철살인이라 할 만했다. 정이량도 놀라서 진조월을 바라보았다.

여전히 그의 표정은 변함이 없었다.

미소만 짓고 있었던 권절은 물론 장절의 얼굴도 굳어졌다.

그냥 듣고 넘기기에는 지나치게 모욕적인 언사였다.

특히나 직격탄을 맞은 검절의 얼굴은 거의 시뻘겋게 달아올라 있었다.

"네 이놈! 죽여도 곱게 죽이지는 않으리라!"

"그 말 그대로 되돌려주지, 늙은이. 죽여 달라고 애원하게 될 만큼 다뤄 주마."

한 점의 살기도, 그 어떤 강인한 기세도 풍기지 않은 채 담담하게 내뱉는 진조월의 모습은 거의 평화로워 보이기까지 했다.

그런 그의 모습을 보며 검절의 울화는 갑절로 불어나고 있었다.

거기에 진조월은 손가락 하나를 들어 까딱이기까지
했다.

가히 격장지계를 완벽하게 살리는 화룡점정이었다.

"이노옴!"

누가 말릴 새도 없이 검절의 손이 자신의 검으로 향
했다.

갑작스레 전투가 벌어지려는 순간이었다.

2.
왕종비전(王宗秘傳) (2)

"검절, 흥분을 가라앉히게."

팔을 뻗어 검절의 질주를 막는 사람은 권절이었다. 그는 굳은 안색을 펴며 비릿한 미소를 지었다.

"과연, 제법 교활한 한 수였다. 검절을 격동시켜 합격진을 애초에 깨어 버릴 작정이었겠군."

정이량도 그제야 진조월이 유독 검절을 물고 늘어졌던 이유를 깨달았다.

무종삼절의 합격진은 이미 그 까다로움과 강력함으로 천하에 명성이 자자했다.

아무리 신들린 무력으로 이전의 적들을 도살하다시

피 했던 진조월이었지만, 부담이 가지 않을 수 없는 것이다.

승패를 떠나 최대한 힘을 아껴야 할 판이다.

앞뒤 가리지 않고 무차별로 휘몰아치는 무력을 선보였던 진조월.

전투를 함에 있어서 어떤 곳을 노려야 하는지를 잘 아는 사람이 그였다.

또한 일 대 다수와 일 대 소수는 전술부터가 달라야 하는 것이다. 더군다나 그 소수는 이전에 다수였던 이들과 비교할 수 없을 정도로 높은 무공을 가진 고수 중에 고수였다.

바로 발검(拔劍)을 하려다가 자신의 실수를 알았는지 검절은 행동을 멈추었다.

그는 살짝 입술을 깨물었다.

애송이의 격장지계에 말려든 자신이 부끄러웠다.

물론 자신 혼자 나선다 해도 검절은 진다고 생각하지 않았다.

나이가 서른에 불과한 애송이였고 지금까지의 싸움으로 지쳤을 게 분명하며, 결정적으로 몸에서 느껴지는 기세가 이기지 못할 정도로 강하지도 않았기 때문이다.

그것은 비단 검절뿐만이 아니라 권절과 장절도 같은 생각이었다.

혹시나 개입할 수 있는 변수를 감안했기에 검절을 막았을 뿐이지 한 명, 한 명이 붙어서 진다는 생각은 절대로 하지 않는 그들이었다.

권절이 입을 열었다.

"너한테 말하고자 하는 것은 별것이 아니다. 성주님의 전언을 전하는 것이지."

"말하라."

끝까지 건방지고 짧은 말투였다. 이미 그의 의도가 어떠한 것인지 알면서도 검절은 치밀어 오르는 울화를 참기 힘들었다.

'이놈, 반드시 주둥이를 뭉개 주겠다.'

반면 둘째인 장절은 여전히 한 마디도 하지 않은 채 조용히 진조월을 바라보고 있었다.

그는 유난히 조용한 성격이었다.

"얘기라고 해 봤자 별건 없다. 그저 난 성주님의 전언을 말하는 것뿐이다. 성주님께서는 성을 배신하고 혈육과 같은 스승과 동문사형제들에게 암수를 펼치려

했던 널 많이 안타까워하신다. 어지간하면 용서를 하려 했으나, 당신께서 세운 원칙과 성의 기강이 있어 마냥 그럴 수 없다고 하셨다. 다만 스스로 죄를 뉘우치고 쓸데없는 자존심과 욕심을 버리고, 당신 앞에 선다면 참작은 해 준다고 하셨다. 만약 수긍을 한다면 우리를 따르라. 그럼 안전하게 본성까지 안내하지."

진조월의 눈동자 속에서 눈보라가 몰아쳤다.

'철혈성주'라는 네 개의 글자만 들어도 자동으로 살기가 치솟는 그였다.

또한 들으니 예전처럼 겉으론 성인군자인 척을 하려는 모양인데 역겹기 짝이 없었다.

그의 눈빛을 보며 정이량은 곧바로 전투가 시작될 거라는 걸 본능적으로 깨달았다.

"네놈들은 삼 년 전, 그 자리에 없었겠지."

삼 년 전.

야차왕이라 불리었던 진조월과 야차부대를 잡기 위해 철혈성의 무인들은 물론 성과 연줄이 있는 대부분의 문파들이 총동원이 되었던 사건을 말함이었다.

권절은 허, 하며 한숨을 쉬었다.

"분위기를 보아하니 순순히 잡힐 생각은 없는 듯하

군. 안타까운 일일세."

"삼 년 전에 그 자리에 없었으니 내가 네놈들에게 받을 빚은 없다. 그러나 살려 두진 않겠다."

처음에는 여전히 평이한 말투였지만 마지막으로 갈수록 더욱 짙은 한기를 띤다.

권절은 자신도 모르게 가슴으로 찬바람이 이는 걸 느꼈다.

기세가 개방된 것도 아닌데 뭔가가 섬뜩하다.

장절의 안색은 더욱 굳어지고, 검절은 괜스레 치미는 한기를 이겨 내기 위해 발작적으로 외쳤다.

"이런 빌어먹을 놈이 어디서……!"

파라락!

소리와 함께 진조월은 이미 검절의 말을 끊어내고 움직였다.

공기를 찢어발기며 단 일보(一步)를 내딛었을 뿐인데, 그의 몸은 단숨에 검절의 옆에 도달하여 주먹을 내지르고 있었다.

환상적인 보법, 거의 이 장이 넘어가는 거리를 한 걸음에 격하고 귀신처럼 다가간 것이다.

기겁한 검절은 본능적으로 발검 하였다.

검갑에서 빠져나온 장검이 찬연한 검광(劍光)을 내뿜으며 진조월의 심장을 노렸다.

창졸간에 펼쳤다고는 믿어지지 않을 만큼 빠른 쾌검(快劍)이었다.

실제 진조월이 검절의 옆으로 이동하고, 검절이 검을 뽑아 진조월을 공격하는 시간은 눈 한 번 깜빡이기도 전이었다.

그 와중에도 검절은 회심의 미소를 지을 수 있었다.

진조월이 주먹을 뻗어 내고 있었는데 주먹의 방향이 자신의 검첨(劍尖)이었던 것이다. 설령 무쇠로 만들어진 주먹이라 할지라도 뚫어 버릴 자신이 있는 검절이었다.

하물며 피륙으로 덮인 사람의 주먹이야 오죽하랴.

'미련한 놈!'

하지만 그것을 본 권절은 기겁하여 외쳤다.

"맞붙지 마라!"

그의 외침은 너무 늦은 감이 있었다.

보이지 않는 기세로 가득한 진조월의 주먹이 찰나를 쪼개고 쪼개는 한순간에 태산조차 무너뜨릴 정도의 막강한 경력을 뿜어 댔다.

평범한 일권(一拳) 속에 들어찬 힘이라고는 믿기지 않을 정도로 거센 강격(强擊).

쾌쾅!

"커헉!"

무자비한 권격을 맞은 검절은 무려 오 장이나 날아가 데굴데굴 굴렀다. 그 와중에도 손에 쥔 검을 놓치지 않은 것이 대단하다면 대단했지만 검절의 상태는 썩 좋지 못했다.

마치 산 하나가 통째로 밀고 들어오는 듯한 육중한 일격에 오장육부가 전부 진동한다.

경력과 경력이 부딪치는 여파로 단전마저 흔들렸고 온몸에 뼈가 다 부러진 것 같은 느낌이었다.

검절은 입에서 한 사발이나 되는 피를 토해 내고 믿을 수 없는 눈으로 진조월을 바라보았다.

'도대체……?!'

풍기는 기세로 보나 나이로 보나 체력으로 보나 이미 진조월은 자신의 상대가 아니라고 믿어 의심치 않았던 검절이었다.

한데 막상 부딪치자 일초를 버티지 못하고 떨어져 나갔다. 이게 말이 되는가.

검절이 튕겨 나가자마자 권절과 장절의 공격은 시작이 되고 있었다.

이미 진조월의 몸에서 잔잔하게 흐르든 기세가 폭발적으로 거세졌다는 걸 깨달은 순간 둘은 합공을 하기로 마음먹었다.

놀람은 놀람이고 전투는 전투.

하지만 장절은 불시의 일격 때문에 권절과의 합공을 방해 받아야만 했다.

파아아앙!

마치 거문고의 현을 뜯는 소리와 함께, 공기를 파열시키며 나아간 한 줄기 빛살이 장절의 머리 앞까지 도달했다.

기겁한 장절이 뒤로 물러섰다.

멀리서 정이량이 화살을 날린 것이다.

그토록 짧은 순간에 화살을 잡고 활에 걸어서 날리는 일련의 동작을 깔끔하게 마친 정이량의 솜씨는 그야말로 혀가 돌아갈 만한 신기(神技)였다.

덕분에 권절과 진조월의 일대일 대결로 좁혀졌다.

권절의 주먹이 무지막지한 기세를 풍기며 진조월을 노렸다. 느껴지는 기세로 보아하건대 당장에라도 진조월이 피떡이 되어 날아갈 것만 같았다.

그에 대항하는 진조월의 공격 역시 주먹이었다.

권법 대 권법.

천하의 권절을 상대로 진조월 역시 주먹을 뻗어 낸 것이다.

꽈르릉!

두 사람의 주먹이 부딪치자 무시무시한 경력의 폭발로 주변이 초토화가 되었다. 지진이라도 난 듯 땅이 흔들리고 얼어붙은 동토가 여기저기 터져 나간다.

역시 삼절의 첫째라 할 수 있는 권절이었다.

검절에게 뻗어 낸 주먹과 거의 대등한 위력의 주먹이었지만 권절은 그저 두어 걸음 물러선 것으로 모든 피해를 해소할 수 있었다.

비록 검절의 경우 방심을 했다지만 그 모든 것을 포함해도 권절과 검절의 무공 격차는 컸다.

하지만 어찌 권절의 놀라움과 비교할 수 있으랴.

가속도가 붙은 신법으로 주먹질을 했는데도 두 걸음이나 밀려난 권절에 비해 진조월은 사천왕상처럼 그 자리를 지키고 있었다.

보건대 한 점의 피해조차 받지 않은 듯 태산과도 같

은 위용을 자랑하는 굳건한 모습이다.

권절의 안색이 창백하게 질려 갔다.

진조월과는 달리 그는 약간의 내상을 입었던 것이다.

단 한 번의 격렬한 부딪침이었지만 상대는 건재했고, 자신은 내상을 입었다. 게다가 그 상대는 이제 서른이 된 애송이가 아닌가?

'이건 뭔가 잘못되었다.'

기세를 갈무리하여 삼절에게 만만한 인상을 심어 주었던 진조월이었다.

하나 검절이 떨어져 나가 움직이질 못하고 장절이 정이량에게 묶인 이후부터는 본연의 기세를 터트리고 있었다.

천고의 마공 군림마황진기가 충천한다.

시퍼런 번개가 탁탁 튀기는 눈동자가 마황의 마력으로 권절을 굽어 보고 있었다.

허공에 환상처럼 그려지는 악마상은 기괴함의 절정이며 위엄의 완성이고 스산함의 끝이었다.

권절의 입이 쩍 벌어졌다.

"군림마황무?!"

그의 놀라움은 이제 시작이었다.

광혈삼마가 오기 전에 삼절을 끝장내리라 마음을 먹은 진조월이었다.

실상 그가 이토록 전술까지 운용하며 무리하는 데에는 이유가 있었다.

묵염철기대와 혈영검단은 물론 그 외에 수많은 무인들을 죽이면서 진조월 역시 상당한 내상을 입었던 것이다.

지친 체력이 어느 정도 회복이 되었고 내공도 상당히 돌아왔지만 여기서 광혈삼마까지 추가가 되면 정말 힘든 싸움이 되는 것이다.

광혈삼마는 삼절과는 또 다른 어려움으로 다가오는 마귀들이었다.

지난바 무력 역시 삼절과 비교하기 어렵다.

'속전속결!'

소수가 다수를 상대할 때는 속전속결, 빠른 섬멸전이 답이었다.

바닥을 박차며 전면으로 치고 나간 진조월의 신형은 시커먼 번개를 보는 듯했다. 펄럭이는 장포자락과 파랗게 허공으로 선을 그은 눈동자가 악귀의 그것에 모자라지 않다.

한 걸음으로 권절의 앞까지 도달한 진조월의 양손이 휘둘러졌다. 그의 손에서 풀어지는 무학은 과거 마도 무림의 전성기 때 극한까지 발전이 되었던 천마삼십육 절이었다.

권절 역시 그에 대항하여 권법을 펼쳐 나갔지만 시작부터가 공격이 아닌 방어로 치중될 수밖에 없었다.

마라신장(魔羅神掌)으로 시작하여 혼천지(混天指), 혈불수(血佛手), 파산일수(破山一手), 구유십벽(九幽十劈), 암향백팔타(暗香百八打)로 이어지는 잊힌 마도의 전설적인 절학들이 진조월의 손을 빌어 폭풍처럼 쏟아지기 시작했다.

근접 전투에 있어서는 특화가 된 무학들이었고, 이미 전설이라 불리었던 만큼 위력에 있어서는 검증이 된 무공들이었다.

진조월의 번개 같은 손속을 막아 가는 권절은 정신이 하나도 없었다.

빠르고 강했다.

단 두 개의 단어로도 표현이 충분한 진조월의 무공은 그야말로 자비가 없이 권절을 난타하고 있었다.

피할 수가 없어서 본능적으로 무공을 펼쳐 막아 갔

지만 막는 팔뚝과 다리, 주먹이 당장이라도 터지고 깨질 것처럼 아파 왔다.

근육이 찢기고 뼈가 부서지는 느낌에 권절은 정신이 다 아득해졌다.

일정 이상의 경지를 뚫기 위해서 무인들의 수련이란 뼈를 깎는 고통이 수반되어야 한다.

당연히 정신적이 깨달음도 있어야만 하며, 절정에 달하는 무력을 소유한 무인들의 경우 제아무리 싸움에 이골이 난 싸움꾼보다도 고통을 참는 인내심이 강할 수밖에 없었다.

정신력이 강해지기 때문이다.

권절이라 하면 이미 구대문파의 장문인보다도 강한 무력을 갖춘 사람이라고 봐도 무방했다.

권절 정도라면 팔이 통째로 베인다 한들 표정 하나 바뀌지 않고 참는 것이 가능한 수준이라 할 수 있을 것이다.

그럼에도 권절은 참을 수가 없었다.

이건 아파도 지나치게 아팠다.

고통이 배가 될 때마다 치밀어 오르는 공포심이 가슴을 뒤흔들었고 당장이라도 도망치고 싶은 생각이 불쑥불쑥 생겼다.

아니, 진조월이 공격 한 번만 멈췄더라도 그는 냉큼 등을 돌려 달아났을 것이다.

자부심 넘치는 무인인 권절이 그 정도 마음을 먹었다면 진조월의 공격 하나하나가 얼마나 매섭고 강인한지 능히 알 수 있으리라.

진조월의 공격은 강하고 빨랐지만, 권절이 더 미치겠는 것은 호흡을 고를 틈도 없이 쏟아지는 연계기였다.

이처럼 탄력적이고 격렬한 무학들을 풀어내는데 숨 한 번 쉬지 않고 몰아치고 있었다.

정종의 신공이든 마도의 마공이든 종류를 떠나서 지극히 정순한 내공을 보유하고 있지 않다면 흉내조차 낼 수 없는 공격법이었다.

그리고 권절의 얼굴이 붉게 달아올라 주먹이 뒤로 빠졌을 때.

진조월의 주먹이 무식한 기세를 품고 휘둘러졌다.

호흡조차 제대로 할 수 없는 상황에서도 권절의 안색이 확 변해 버렸다.

이건 다르다.

수준이 다른 공력이라는 걸 권절은 본능적으로 깨달았다. 이전까지의 연계기가 늑대의 송곳니였다면 이번의 공격은 호랑이의 아가리였다.

그는 급박하게 팔을 십자로 교차하여 진조월의 공격을 막았지만 그가 일으켰던 공력은 사신의 주먹 아래 뿔뿔이 흩어지고야 말았다.

콰르릉!

"케엑!"

새된 비명과 함께 권절이 십여 장이나 튕겨 나갔다. 바닥을 거칠게 굴러 날아간 권절의 몸은 나무 세 그루를 완전히 박살 내고 나서야 멈추었다.

양팔이 부러지고 가슴이 큼직하게 함몰되었다. 목까지 등 뒤로 휙 돌아가서 덜렁이는 권절의 모습은 누가 봐도 즉사였다.

천하를 떨쳐 울렸던 권절의 죽음이라고는 생각할 수 없을 정도로 비참한 모습이었다.

장절과 정이량은 그 모습을 멍하니 지켜보았다.

그냥 전투를 벌이기에는 진조월과 권절의 싸움이 지나치게 격렬하고 살벌했던 것이다. 시선조차 돌릴 수 없을 정도로 마력적인 전투였고 강인한 투쟁이었다.

뻗어낸 주먹을 거둔 진조월은 가볍게 호흡을 골랐다.

'도박이 먹혔다.'

이미 화경의 경지를 넘어서서 절대적인 무력을 갖춘 무인의 경우 이미 생사현관이 타통 되어 호흡 한 번으로 소실된 내공을 빠르게 되돌릴 수 있다.

하지만 그것도 이상이 없을 시에 가능한 것이고, 내상을 입고 지친 체력으로는 아무리 신적인 무력을 갖춘 고수라도 회복에 시간이 필요한 법이다.

게다가 진조월의 경우 한 올의 내공도 아껴야만 하는 처지였다.

뒤이어 광혈삼마까지 오고 있는 현재에 아무렇게나 내공을 남발할 수 없었다.

결국 짧고 탄력적인 근접전으로 몰아간 이후에 상대의 틈이 생길 경우 강인한 한 방의 공격으로 전투를 끝내야만 했다.

상대가 어떻게 나올지 모르는 이상 이것도 도박이라면 도박이다.

만약 진조월의 얼굴에 약간의 초조함이라도 보였다면 노회한 권절은 첫 일격 시에 이미 뒤로 빠졌을 것이다.

진조월의 눈이 장절을 향했다.

장절은 침을 살짝 삼켰다.

삼절 중 가장 말이 없고 냉정하다는 장절도 이 무식한 전투를 보면서 공포를 느낀 것이다.

"살심이 동했다면 너 또한 이미 황천을 갔을 터, 그러나 개인적인 원한은 없으니 원한다면 보내 주겠다. 아직 살아남은 동생을 챙기고 이대로 떠나라! 기회를 주겠다."

비록 진조월이 아주 악인이라 할 순 없지만 이렇게 자비가 있는 성격은 아니라는 걸 정이량은 잘 알았다.

'진 공자는 지금 체력을 비축해야 할 시기. 쓸데없는 싸움은 피하려는 것이구나.'

장절의 얼굴이 살짝 붉어졌다.

"네놈이 나에게 모욕을 주려는 것이냐?! 어찌 형제를 죽인 원수를 두고 살겠다며 등을 돌리겠느냐!"

"이미 보아서 차이를 알고 살아남지 못할 것을 알면서도 무모하게 돌진하는 것이 얼마나 바보 같은 일인지 너 역시 모르지 않을 것이다. 그렇게 원한다면 이자리에서 죽여 주지."

그냥 떠났으면 좋겠지만 굳이 싸운다는 걸 피할 정

도로 진조월은 약하지 않았다.

상대의 말에서 진심이 느껴졌음을 알았는가?

장절은 수치스러운 표정이었지만 이내 쓰러진 검절을 어깨에 메고 떠났다. 떠날 때까지도 뒤를 돌아보지 않는 장절의 모습에 정이량은 한숨을 쉬었다.

'무서운 사람이다.'

차라리 죽을 각오를 하고 덤비는 자는 무섭지 않다.

자존심이 상하고 수치를 알면서도 후일을 기약하며 떠나 버리는 것이 더 어려운 것이다.

훗날 장절이 나타났을 때는 분명 지금보다 훨씬 무서운 패를 들고 오리라.

그들이 떠나는 모습을 본 진조월은 빠르게 호흡을 골랐다.

저 멀리서 느껴지는 광포한 세 개의 기운이 점점 가까워지고 있었다. 정이량 역시 얼굴을 굳히며 화살 하나를 뽑았다.

광혈삼마.

과거 무림에서도 '최악'이라는 수식어가 붙은 살귀들.

그들 앞에서는 혈영검단의 검수들도 어린아이에 불

과했고, 삼절의 무위도 빛을 바랠 것이다.

철혈성주에게 약점이 잡혀 수족 노릇을 하고 있지만 그들의 무력은 수십 년 전부터 회자될 정도로 강인했다.

오죽하면 삼마라 불리기 전에 삼마왕(三魔王)이라 불리었던 전적이 있는 그들이었다.

특히나 삼마의 첫째, 일귀(一鬼) 사인마도(死刃魔刀)의 경우 철혈성주에게 패배하기 전 강북십대고수 중 한 명으로 꼽힐 만큼 막강한 무력을 자랑했던 고수였다. 하물며 세월이 흘러 무공이 깊어졌을 그들이 아니던가.

권절이나 장절, 검절과는 차원이 다른 고수라 할 수 있을 것이다.

혹 삼절이 합격진으로 상대했더라도 사인마도 정도라면, 어려웠다면 더 어려웠지 쉬운 상대는 아니다.

그리고 진조월이 몇 번의 호흡으로 내공은 재차 탄탄하게 만들었을 때.

마침내 세 명의 광인들이 이곳에 도착하였다.

*　　　　*　　　　*

세상을 살다 보면 제법 놀라운 일들을 많이 보게 마련이다.

나이가 들어 흰머리가 나고 손자와 손녀들의 재롱에 허허 웃게 되는 늙은이가 되어서도 세상은 항시 새로운 걸 보여 주는 유쾌한 떠버리다.

그래서 나이가 들어도 배울 것은 많고 볼 것도 많으며, 들을 것도, 맛볼 것도, 많은 것이다.

하물며 젊고 혼인조차 하지 않은 이들에게는 세상천지가 매순간 새로울 수밖에 없었다.

그러나 사람은 살아가면서 절대로 잊히지 않는 중요한 경험을 맞이하게 된다.

어떠한 새로운 일과 강렬한 추억조차도 뒷전으로 물릴 만큼 특이한 일이 한 번씩은 나타나기 마련이다.

오로지 칼 한 자루만 쥐고 세상에 나와 무수한 전투로 명성을 쌓은 강소란이라 해도 그것은 마찬가지였다.

더군다나 아직 젊은 나이였고, 경험할 것도 많은 그녀에게는 오늘의 일이 더욱 특별하게 다가올 수밖에 없었다.

"칠왕…… 이요?"

서호신가의 가주 신일하는 가볍게 고개를 끄덕였고 그의 옆에 선 당무화는 가볍게 팔짱을 낀 채로 강소란을 바라보고 있었다.

호협한 기상이 뚜렷한 당무환의 모습은, 강소란의 눈과 입만을 살펴보고 있었다.

강소란은 당황했다.

느닷없이 가주가 차나 한잔하자며 불러서 온 그녀였다.

혼인식이 끝났지만 계속 객방에 밥이나 축내고 있어서 그런가, 괜스레 불안하기도 했다.

게다가 날이면 날마다 후원에서 남궁호와 칼부림을 하고 있었으니 조용하고 엄숙한 신가의 분위기와 맞지 않아 이만 나가라고 좋은 말로 축객령을 내리진 않을까 생각하기도 했다.

한데 신일하의 옆에는 이미 과거에 무수한 명성을 쌓았던 십절신수 당무환도 있었다.

강소란이 아무리 대강남북을 떨어 울린 후기지수들 중 하나라지만, 감히 당무환 앞에서는 고개조차 들지 못할 정도로 까마득히 어린 후배에 불과했다.

강호에 거물 두 명이 있는 자리에서 그녀는 믿기지

않는 이야기를 들었다.

칠왕의 난.

만월지란이라 불리었던 암중의 혈투.

그리고 철혈성주의 야망과 그를 막기 위해 나선 열
사들의 희생.

지금도 계속되고 있는 전투와 내용의 살벌함에 강소
란은 크게 놀랐다.

하지만 그것이 거짓이라 생각하진 않은 그녀였다.

비록 어린 나이긴 하나 수를 헤아리기도 힘든 생사
의 결전에서 살아남은 그녀였고, 강호의 경험이 많아
진실과 허를 분별하는 능력 정도는 가졌기 때문이리라.

그것이 아니더라도 그렇게 명성이 자자한 신일하나
당무환이 뭣 하러 자신을 불러 이런 거짓말까지 하겠
는가.

아무리 심심해도 만들어서 거짓말할 이야기가 아니
었다.

문제는 말 그대로 '왜?' 였다.

보아하니 함부로 얘기할 만한 사항이 아니지 않은가.
혹 잘못 되기라도 하면 철혈성 측에 들어갈 수도 있는
비밀스러운 이야기도 깔려 있었다.

물론 전부가 아니고, 그것이 치명적일 정도로 깊은 이야기가 아니었으나 아무에게나 떠버릴 만큼 중하지 않은 얘기도 아니다.

강소란은 침착함을 되찾았다.

"철혈성주의 야망이 그리 말도 안 되는 것이라면 전 무림인이 힘을 합쳐서 싸워야 함이 마땅하지만, 그러지 않은 것은 이유가 있으리라 생각합니다. 더불어서 이런 이야기를 왜 저에게 하시는지 궁금합니다. 제 이름이 나름 무림에서 유명한 편이기는 하나, 선배님들 입장에서는 아직 서른도 되지 않은 애송이가 아닌지요?"

신일하는 가볍게 미소를 지었고 당무환은 속으로 감탄했다.

'과연 내가 사람 하나는 제대로 보았구나.'

비록 여인의 몸이지만 여느 사내들보다도 더욱 막강한 무력을 소지한 강소란은 예와 법도를 떠나 능히 칭찬받아 마땅할 모습을 보이고 있었다.

놀랐지만 침착했고, 사태를 바라보는 눈도 냉정했다.

천성도 천성이지만 그만큼 삶의 고단함에 단련이 되어 있는 모습이다.

어지간한 경험이 없으면 혈기를 누르고 냉정히 바라볼 눈을 갖기란 불가능하리라.

당무환이 생각하는 모든 것에 부합하는 후배가 바로 강소란이었다.

신일하는 당무환을 바라보았다.

"이제는 당 대협의 차례입니다."

당무환은 가볍게 고개를 끄덕이며 강소란을 바라보았다.

순간 강소란은 동공이 파열될 것 같은 통증에 고개를 돌릴 뻔했다. 그만큼 당무환의 눈빛은 강렬했다.

마치 태양이 박혀 있는 듯하다.

자신보다 강한 고수라 당연히 짐작은 했지만 강소란은 이 순간 진심으로 확신했다.

'차원이 다르다. 절대고수……'

아무리 강한 고수를 만나도 겁을 먹지 않았던 강소란이었다.

그랬기에 무모하리만치 적극적인 비무를 감행할 수 있었던 것이다.

한데 당무환은 다르다.

지금까지는 만난 고수들이 그저 나이 조금 먹은 어

린애들에 불과하다면 당무환은 산전수전 다 겪은 백전의 군인과 같았다.

감히 싸울 엄두조차 나지 않은 절대적인 무력을 소지한 사람이었다.

자신이 백 명, 천 명이 있어도 이기지 못한다.

당무환의 힘은 자신 따위가 아예 가늠할 경지가 아니었다.

그의 눈동자는 점점 강해졌고 강소란은 당장이라도 고개를 돌리고 싶었다.

눈이 터지고 뇌가 곤죽이 될 것만 같은 고통에서 빠져나오고 싶었다.

허리춤에 칼이 달랑거리고 있었지만 뽑기는커녕 냅다 줄행랑을 치고 싶었다.

기세를 개방하지도 않고 안력에 조금 힘을 줌에도 이럴진대 진정으로 힘을 개방했다면 어땠을까?

생각하니 강소란은 오금이 다 저려 왔다.

그래도 그녀는 고개를 돌리지 않았다.

그것은 일종의 오기와 같은 것이었다. 세상 어떤 고수가 억압해도 기세에서는 지기 싫다는 그녀의 오기가, 당무환의 눈빛을 정면에서 맞으면서도 피하지 않는 이

유였다.

태양과도 같은 강한 광채를 머금은 눈빛이 극에 달할 때.

당무환은 안력을 갈무리했다.

어느새 그의 눈동자는 평소의 깨끗하고 당당한 그만의 눈빛으로 돌아와 있었다.

강소란은 새하얗게 질린 얼굴로 헉헉댔다.

추운 날씨에도 그녀의 몸은 땀으로 흠뻑 젖어 있었다.

드넓은 천하 대륙에서도 이미 정상에 다다랐다고 칭해지는 칠왕.

그 칠왕 중 한 명인 화왕 당무환의 눈빛을 이제 이십대 중반의 여무사가 견뎌 낸 것이다.

당무환은 기특한 얼굴로 말했다.

"대단하군. 제아무리 자네 정도의 경지를 구축한 무인이라 해도 찰나를 버티지 못하고 굴복해야 하거늘, 이 정도까지 참아 내다니. 그 초인적인 정신력에 경의를 표하는 바이네."

귀에 들리지도 않는다.

강소란은 재빨리 호흡을 가다듬었다.

그녀는 당무환이 자신을 시험했다는 걸 깨달았다.

울컥 반발이 치솟기도 했지만, 저처럼 깨끗한 눈빛을 소유한 사람이 생각 없이 이런 일을 벌이진 않았을 것이다.

그녀는 두근거리는 가슴을 최대한 진정시켰다.

그녀는 다시 한 번 당무환의 눈을 바라보았다.

나이 오십이 넘었음에도 불구하고 참으로 깨끗했다.

그곳에는 거친 세파를 맞이하면서도 기어코 일어선 불굴의 의지와 순백의 강렬함이 공존하고 있었다.

"내가 자네에게 다소 과한 힘을 방출한 것이 의아하겠지?"

"네? 아, 네."

"자네의 정신력을 보고 싶었네."

"저의 정신력이요?"

이게 무슨 말이란 말인가?

의아한 기색의 강소란을 보며 당무환은 뜬금없는 질문으로 한 번 더 그녀를 당황시켰다.

"실례가 되는 줄 알겠지만 묻겠네. 자네를 가르쳤던 스승께서 아직 살아 계시는가? 타계하셨으리라 짐작하네만."

그녀는 가만히 고개를 저었다.

"그럴 줄 알았네. 비록 자네가 그 나이 대에 이룩하기 어려운 경지를 구축했다 하나, 아직 설익은 부분이 많은 무력이었지. 기본 바탕은 스승의 엄격하고 바른 가르침 덕에 탄탄했지만 그 뒤에 홀로 수행을 쌓아 만들어 간 무공이라 짐작했네."

정확한 시선이었다.

강소란은 당무환의 예리한 눈에 감탄했다.

그저 경지가 높다고 알 수 있는 바가 아니었기 때문이다.

세상 수많은 무학을 접하고 실과 허를 잡아채는 훈련은 물론 수를 헤아리기도 힘든 생사의 결전에서 살아남은 진짜배기 고수가 아닌 이상 어림도 없는 눈치.

"그렇습니다."

"자네가 가진 무공, 백팔단혼도법의 경우 생사의 틈바구니 속에서 만들어진 살기 짙은 무공일세. 기초가 탄탄하고 초식의 숙지가 되었다면 오히려 전투를 통해서 습득함이 외려 성취가 빠를 수 있어. 그것을 자네는 행하고 또 행하여 지금의 경지에 올랐을 것이야."

강소란은 굳이 입을 열지 않았다.

당무환의 말은 마치 그녀의 삶을 직접 본 것처럼 정확했기 때문이다.

"하지만 한계가 있음을 부정하기도 어려울 것일세. 알고 있는가?"

그것까지 알기에는 강소란의 경지가 낮았다. 그녀는 고개를 저었다.

"수대에 걸쳐 완성된 무공이라 하나 모두 거친 환경에서 이루어진 결과물이기에 법문과 깊이에서 약간의 문제가 있을 것이네. 자네가 얼마나 노력하느냐에 따라 다르겠지만 흔히들 이야기하는 명문대파의 무공과 똑같은 노력을 기울였을 때, 아무래도 조금의 부족함이 있다는 것을 부정하기 어렵네. 그렇다고 더 발전시키기도 어려운 것이, 전투로 완성이 되어 버린 도식이기에 건드리기에도 무리야. 만일 건드려서 새로운 무공으로 만들어 낸다면 근본적인 백팔단혼도법의 힘을 버려야 될 것이야. 그것을 잡아 고칠 시간에 되레 다른 무학을 익히는 것이 훨씬 빠르고 경제적이며 스스로에게도 좋은 길이 될 걸세."

당무환의 눈동자가 다시 한 번 반짝였다.

"들어 알고 있으니 과거의 이야기는 이것으로 마무

리 짓겠네. 전왕은 죽었고 음양왕도 죽었네. 하나 그들이 죽었다고 하여 비전의 무학마저 소실이 된 것은 아니지. 전왕의 무학과 음양왕의 술법 공부 진체는 나와 백 선배가 각각 가지고 있네. 나는 뜻이 있고 무인으로서 정신이 강하며 바른 이에게 전왕의 공부를 이어가게 할 의무가 있다네."

강소란의 얼굴이 상기되었다.

지금까지 당무환이 하는 말을 듣고도 뜻을 모른다면 바보이리라.

과거, 죽었지만 절대적인 무력으로 철혈성을 공포로 몰아넣었던 전왕의 무학을 스스로 바란다면 전수하겠다는 의미였다.

조심스레 스승의 생사를 언급한 것도 이것 때문이었다.

스승이 살아 있다면 제자에게도 스승에게도 물어야 함이 마땅하다. 타인에게의 무공 전수는 좋고 나쁨을 떠나서 능히 예법에 따라 익혀감이 마땅하다고 당무환은 생각했던 것이다.

"백팔단혼도법의 법문과 운용구결을 모르지만 내 감히 장담하지. 칠왕의 무학은 세상 그 어떤 무학에 비교

해도 떨어지지 않을 만큼 강건하고 특색이 있네. 만약 자네가 뜻이 있다면 내 전왕의 후인으로 삼고 싶네만."

이토록 좋은 제안을 거절하는 무인은 세상에 없을 것이다.

강소란은 두근거리는 가슴을 진정시켰다.

파격적이었지만 자신에게는 너무나도 좋은 일이다.

그러나 생각할 부분은 있었다.

자신이 전왕의 무학을 익힌다는 것은 결국 칠왕의 후인으로서 당대의 전왕이 되어야 한다는 뜻이고, 그것은 즉 철혈성주의 야망을 무너뜨리기 위해 철혈성과 대립을 해야 한다는 뜻이기도 하다.

물론 성주의 미친 야망을 들었기에 공분했던 그녀였고, 정도를 아는 무인이라면 마땅히 칼을 빼 들어야 함이 마땅하다고 생각하는 그녀였지만 이것은 그것과 다른 문제였다.

칠왕이라는 협사회, 그 비밀조직에 몸을 실음으로써 암중에서는 격렬하게 싸우는 선봉장으로 역할을 자처해야 한다는 것이다.

칠왕이라는 역사에도 몸을 편승해야 한다는 뜻이고, 죽을 때까지 신념을 버리지 않은 채, 민생과 정도를 위해 몸을 바쳐야 한다는 뜻이기도 하다.

강소란의 눈이 침잠했다.

너무나도 좋은 기회였지만 그만큼 심각하게 생각할 부분이었다.

조금 깐깐하지만 자신에게도 사문이라는 것이 있는데 사문의 무학을 더욱 깨우치고 익힐 생각은 하지 않고 타인의 무공을 익히는 것, 이 또한 양심상 쉬운 일이 아니었다.

"저에게 약간의 시간을 주실 수 있으신가요?"

당무환은 고개를 끄덕였다.

"당연하네. 신중하게 생각하시게. 하지만 많은 시간은 줄 수가 없을 듯하이. 오늘 밤중으로 대답을 해 주시게."

"알겠습니다."

3.
왕종비전(王宗秘傳) (3)

정이량은 뒤쪽에 은신한 용궁대의 대원들에게 모두 들리도록 외쳤다.

"절대 경거망동하지 마라!"

대원들의 전투감각을 믿는 정이량이었지만 그가 한 번 더 이와 같은 외침을 내쳤다는 것은 그만큼 심각한 상황이라는 뜻이다.

그냥 삼마를 무시하고 도망치는 방법도 있을 것이다.

그러나 도망치게 될 경우 삼마는 악착같이 자신들을 죽이기 위해 달라붙을 것이 명확하고, 이후에는 정이량의 밑천까지 전부 보이게 되리라.

굳이 그런 것이 아니더라도 가히 천하의 고수라는 삼마들의 실력이라면 용궁대의 대원들이 무사하리라고 보기가 어려웠다.

게다가 그저 놔둔다면 진조월이 삼마들을 전부 상대해야 될 것이다.

아무리 진조월이라 해도 그것은 무리라고 생각하는 정이량이었다.

단순히 무공의 경지 문제가 아니라 지금까지 입은 내상과 체력의 문제일 것이다.

멀쩡한 상태였다면 모르되, 지금의 진조월이 삼마 전부를 상대한다는 것은 아무래도 무리가 있었다.

진조월의 눈동자가 파랗게 변했다.

마치 질풍처럼 나타나 평온한 표정으로 선 세 명의 광인들이 있었다.

무시무시한 속도로 도달하였으나 바람 한 점 불지 않았다. 그들의 무력을 단적으로 보여 주는 광경이라 하겠다.

삼마의 모습은 독특했다.

먼저 좌측에 서서 거대한 덩치를 자랑하는 이는 키가 거의 팔 척에 달할 정도의 거인이었다. 터질 듯 온

몸을 덮은 근육의 위압감은 상상 이상이었고, 그 근육만큼이나 거인의 몸에서는 무지막지한 패기와 살기가 그득했다. 그렇지 않아도 흉악한 몰골이거늘 심지어 좌측 얼굴을 전부 덮어 버린 괴이한 문신이 섬뜩함을 더한다.

거인의 등에는 한 자루 거검(巨劍)이 들렸는데 길이만 족히 여섯 자요, 무게를 짐작컨대 족히 팔십 근은 되는 듯했다. 저런 중병(重兵)을 등에 매고도 그의 신법은 바람과 꽃잎을 닮았다.

또한 거인의 옆에 선 이는 거의 난쟁이라 불릴 정도로 체구가 작은 중년이었는데 뱁새처럼 작은 눈과 얍삽해 보이는 입가가 눈살을 찌푸리게 하였다. 그는 아무런 무기를 들지 않았고, 다만 몸에 비해서 손이 지나치게 컸다. 큼직한 손에, 손톱 전부가 시커멓고 짐승의 그것처럼 뾰족하니 가히 요괴라 불리어도 무리가 아닐 것이다.

거인의 몸에서는 하늘조차 부숴 버릴 듯한 패기가, 난쟁이에게서는 주변을 질식하게 만들 듯한 스산함이 있었다.

기괴한 둘과의 모습과는 달리, 뒤에서 가만히 뒷짐

을 쥐고 있는 중년인은 제법 청수한 인상이었다. 마치 학자의 그것처럼 고아한 분위기마저 풍긴다. 다만 얼굴 전체를 뒤덮은 무수한 검상(劍傷)과, 광기와 한기가 공존하는 눈빛이 외려 두 괴인보다도 더한 공포를 조성하고 있었다. 중년인의 허리에는 한 자루의 보도(寶刀)가 달랑였다.

"광혈삼마."

보도를 찬 상처투성이 얼굴의 중년인이 바로 삼마의 첫째인 사인마도 고산(高山)일 것이고, 거대한 몸집에 무식할 정도로 큰 거검을 찬 거인이 둘째인 철마중검(鐵魔重劍) 만보효(滿甫嚆), 마지막으로 왜소한 체형에 기이할 정도로 크고 섬뜩한 손톱을 가진 이가 막내 환수귀(幻獸鬼) 장묘(張猫)일 것이다.

과거 삼마왕(三魔王)이라고까지 불리었던 미친 마귀들.

그들의 손에 죽은 사람의 수만 삼천을 가볍게 넘겼고 무너진 문파의 수는 기백에 달하며, 정절(貞節)을 빼앗긴 여인의 수는 헤아리기조차 어려우리라.

인간으로 태어나 요괴라 불리는 이들.

심심하다는 이유로 마을 하나를 몰살시키는 것은 예

샷일. 음심을 풀고자 하여 고관대작의 부인과 딸마저 겁간하기를 주저하지 않는 마귀들이라 소문이 자자했다.

철혈성주가 직접 나서기 전까지, 그들의 악행으로 눈물을 흘리는 이가 천지에 넘쳐 났다고 하였다.

무림에도 열사(烈士)들이 많아 삼마를 잡고자 했지만, 개개인의 무력이 너무나 강하여 그들을 잡으러 나섰던 무인들이 오히려 죄다 황천길을 가고야 말았으니 삼마의 악명은 대륙을 진동케 하였다.

중년으로 보이지만 이미 그들의 나이가 모두 칠십이 넘었다.

내공이 경지가 대단하여 노화조차 막아 버린 그들이니 무력의 고강함을 따로 알아볼 필요가 없으리라.

철마중검 만보효는 섬뜩한 안광을 빛내며 진조월을 바라보았다.

눈에서 당장이라도 철퇴가 날아올 것만 같았다.

"네놈이 진조월이라는 놈이냐?"

목소리가 어마어마하다.

안탕산 전체가 쩌렁쩌렁하게 울릴 것만 같은 목소리는 그 자체만으로도 이미 무기와 다를 바가 없었다.

정이량은 귀를 강타하는 엄청난 소리에 눈살을 찌푸렸다.

진조월의 표정은 여전히, 변함이 없었다.

"날 잡으러 왔나?"

만보효는 이놈 보게? 하는 표정으로 진조월을 바라보았다.

그야말로 가소롭다는 표정이 역력하다.

"제법 뱃심은 있는 놈이로구나."

"넌 날 잡으러 온 놈에게도 예의를 차리나?"

철마중검은 갑자기 입이 턱 막혀 버렸다.

딴에는 옳은 소리 아닌가.

하지만 그는 굳이 진조월을 이해하고 싶은 생각이 없었다.

그저 고개를 조아려도 모자랄 판에 따박따박 말대꾸하는 진조월을 당장에라도 한 대 후려치고 싶을 뿐이었다.

패기는 패기고 기분이 나쁜 건 기분이 나쁜 거다.

"어차피 곱게 데려갈 생각은 없었거늘, 잘되었다. 애송이, 일 초에 사지를 부러트려 주마."

"무서워서 셋이나 몰려온 주제에 말이 많군."

만보효의 얼굴이 살짝 붉어졌다.

막내 환수귀 장묘의 눈이 살기를 머금었다. 그 와중에도 첫째인 고산의 표정에는 변함이 없었다.

태산이 무너져도 표정에 변화가 없을 것 같았다.

진조월은 오늘 수많은 싸움을 해 오면서, 지금 이 순간이 가장 어려운 상황임을 직감했다.

만보효나 장묘 정도라면 모르겠지만, 고산이라면 절대로 그냥저냥 이길 수 있는 인물이 아니었다. 더군다나 저런 냉정함이라니.

정이량 역시 그것을 알았는지 천왕신궁을 힘 있게 쥐었다.

이번 삼마와의 싸움만 무사히 끝난다면 쉽게 이곳에서 벗어날 수 있을 것이지만, 삼마와의 싸움 자체가 극한의 어려움을 자랑한다.

'자칫하면…….'

만보효는 뒤도 돌아보지 않고 말했다.

"형님! 이 꼬마 놈은 내가 맡겠소!"

고산은 아무런 말도 하지 않고 진조월만 바라보고 있었다.

진조월 역시 만보효는 보지도 않은 채 고산과 눈을

마주쳤다.

서로의 눈이 마주쳤다.

한없이 차가운 동공 속에서 광기 어린 야수성을 품고 있는 진조월이나 광기와 한기가 공존하는 미묘한 안광의 고산이나 어딘지 닮은 부분이 있었다.

진조월은 생각했다.

'삼마에 대한 악명이 부풀린 건가.'

비록 기세가 마기에 가까울 정도로 거칠지만 죄 없는 이들을 함부로 해하거나 여인을 겁간하는 이들로는 보이지가 않았다.

그것은 고산이나 만보효, 장묘 모두가 비슷했다.

강렬한 패도(覇道)를 지향하고 다소 극단적인 성향이 있을지언정 사악하다는 느낌을 받기는 힘들었다.

외관만 본다면야 이토록 흉악한 집단이 또 어디에 있으랴 만은, 눈은 거짓을 말하지 못하는 법이다.

진조월은 가볍게 고개를 끄덕였다.

고산 역시 진조월을 보며 고개를 끄덕이곤 앞으로 나왔다.

"물러서라, 둘째. 네가 감당할 수 있는 사람이 아니다."

"형님?"

"갈무리한 힘이 놀랍도록 거세다. 내 눈으로도 끝이 보이지 않는 것으로 보아 너나 막내가 감당할 수 있는 무인이 아니다. 이자는 강자다. 싸움은 내게 맡기도록."

만보효는 믿을 수 없는 눈으로 진조월을 바라보았다.

이제 서른이나 됐을 법한 애송이의 무력이 그토록 높다는 것이 이해할 수 없었던 것이다.

그렇다고 대형인 고산의 눈이 잘못되었을 리는 없다. 고산의 무공과 보는 눈이 얼마나 대단한지 만보효는 잘 알고 있었다.

장묘 역시 경악 어린 눈으로 진조월을 바라보았다.

만보효와 장묘의 눈에는 그저 그런 기세를 풍기는 진조월이 만만해 보였다.

게다가 나이가 있지 않은가? 서른에 불과한 애송이가 대형과 맞붙을 정도로 강하다는 것이 믿어지지가 않았다.

그러나 막상 진조월과 고산이 대치를 시작하자 그들은 어마어마한 기세의 소용돌이에 뒤로 삼 장이나 물러설 수밖에 없었다.

가만히 팔짱을 풀고 칼자루 위에 왼손을 올려 둔 고산이나, 아무런 자세도 취하지 않은 채 서 있는 진조월이나 표정의 변화는 없었지만 서로가 내뿜는 기세가 충돌하며 주변에 거센 태풍을 만들어 내고 있었다.

엄청난 기세의 맞부딪침.

만보효는 입을 쩍 벌렸다.

'저 애송이가 이토록 강할 줄이야!'

철혈성주에게 제압되기 전에도 고산의 무학은 이미 강북에서 열 손가락 안에 들어갈 정도로 막강했다.

세월이 흘러 철혈성의 감옥에 갇히면서도 무학에 열중한 삼마들이니 과거의 그때와는 비교하기 힘든 경지를 구축했다 해도 과언이 아니리라.

그런 고산과 기세 싸움에서 지지 않는 진조월이 사람으로 보이지 않았다.

어미 뱃속에서부터 무공을 익혀왔다 한들 저리 강할 수 없는 것이다.

삼마의 남은 두 사람처럼 뒤로 물러선 정이량은 등에서 식은땀이 흐르는 것을 느꼈다.

'강하다. 나 혼자라면 철마중검이나 환수귀 정도는 상대할 수 있지만 고산은 절대로 무리다. 아무리 그래

도 저 정도 무력이라니!'

지금의 사인마도라면 진 공자님이 위험할 수도 있다. 철혈성주에게 잡혀 감옥에서 생활을 했다고 들었다. 헌데 감옥에서 얼마나 무공을 수련을 했기에 이리도 강하단 말인가?

저 정도면 구대문파의 장문인들은 말할 것도 없고, 철혈성의 숨겨진 고수들까지 친다 한들 능히 상위권이라 불리기에 부족함이 없는 무공이었다.

흔히들 얘기하는 절대고수.

진조월은 가만히 자신의 파검을 매만졌다. 만지자마자 검파 끝에 있는 흑옥피마주가 어서 빨리 쥐라고 속삭이는 것만 같았다.

'아직은 아니다.'

파검은 항상 사용할 수 있을 정도로 녹록한 물건이 아니었다. 쥔 사람을 파멸로 이끄는 파검의 귀기를 어느 정도 걷어 냈다고는 하나 아직도 파검 속에 내재된 귀기의 농도는 끝이 보이지 않을 정도로 거세다.

평범한 상태라면 사흘 밤낮을 쥐고 휘두를 수 있다. 그러나 너무 많은 피를 묻혀 광야종이 달아오르는 현재 파검을 쥐면 자칫 위험해질 가능성이 있다. 광야종의 광기에 파검의 귀기까지 더해지면 스스로도 제정신을 차릴 수 있을지 의문이었다. 특히 백성곡과의 간단한 비무 이후 광야종에게 더욱 신경이 쓰이는 건 어쩔 수가 없었다.

그는 파검에서 손을 떼고 주먹을 꾹 쥐었다.

휘몰아치는 기세의 부딪침에 사방으로 돌풍이 불어 댔지만 묘하게도 정적이 흐른다는 느낌이 강하다. 그 사이, 고산이 입을 열었다.

"참으로 대단하다. 내 눈으로 보지 않았다면 믿을 수 없을 정도로 막강한 무력이야. 네 나이에 그만한 경지를 구축한 자, 무림사에 없을 것이다."

"칭찬 고맙군."

"만약 네가 멀쩡한 상태였다면 내가 승리를 점치기 어려웠을 정도야. 하나 지금은 달라. 너는 내 칼날 아래에 쓰러질 것이다. 겨루지 않아도 알지 않은가?"

"겨루지 않아도 알 수 있는 전투 따위는 세상에 없다."

담담한 대화였다.

고산은 감탄했다.

절대로 변하지 않을 그 흉측한 얼굴에 약간의 미소

가 감돌았다.

"제대로 배웠군. 그렇지. 겨루어 보지 않았는데도 결과가 나오는 결투는 없지. 내 실언을 하였군."

만보효와 장묘는 대형과 애송이의 대화를 들으며 크게 놀랐다.

대화의 내용이 아니라 그들이 대형으로 모시는 고산에 대한 놀라움이었다.

하루에 한 마디만 해도 놀랄 정도로 말수가 적은 고산이었다.

심할 때는 한 달 동안 단 한 마디도 하지 않은 적도 있었다. 사람을 대함에 있어서 무신경한 그의 성격은 지독할 정도였다.

그런데 지금, 저 진조월이라는 자와 나름 유쾌한 대화를 나누고 있지 않은가.

그저 강자라고 말을 섞는 성격의 고산이 아니었다.

분명 진조월의 기세와 분위기 등 뭔가가 고산의 가슴을 흔들었을 것이다.

무공의 강약을 떠나 만보효와 장묘는 진조월을 새롭게 보았다.

고산의 눈이 한순간 강렬하게 빛났다.

"대단하군. 군림마황무를 익혔나?"

진조월의 눈도 빛났다.

"그렇다."

"느껴지는 마학(魔學)의 깊이가 파악하기도 어렵다. 벌써 대성에 가깝도록 익혔으니, 진정 천고의 기재다. 내 꿈이 과거 마도의 하늘이었다는 천마(天魔)와 겨루어 보는 것이었거늘 어차피 과거의 절대자였으니 이루지 못할 꿈이라 그저 환상으로만 새겨 두었지. 한데 이렇게 대신이나마 꿈을 이뤄 줄 사람이 나타났구나. 천마의 절학을 그대로 승계한 너와의 전투라면 내 당장 죽어도 여한이 없을 것이다."

그제야 만보효와 장묘는 고산이 유독 말을 많이 한 이유를 알았다.

진조월은 가볍게 손을 폈다.

"시작할까?"

"그렇군. 내가 흥분해서 조금 말이 많았어. 이해해 주길 바라네. 그럼."

스르릉, 하는 섬뜩한 소리와 함께 고산은 칼을 뽑았다.

두툼한 박도(朴刀) 형태의 칼이었지만 도신(刀身)의

색깔이 먹물처럼 검었다.

보기만 해도 단단하고 예리해 보이는 이 칼이 바로 사인마도 고산의 독문병기이자 그의 사문에서 내려오는 보물인 귀문도(鬼門刀)였다.

귀문도가 손에 들리자마자 고산의 기세가 돌변했다.

이전까지는 거세게 강타하는 듯한 묵직함이 있었다면 지금은 하늘 끝까지 갈라 버릴 것 같은 섬뜩한 예기와 살기가 가득했다.

굳이 도를 휘두르지 않아도 그의 영역 안으로 들어오는 순간 누구든지 갈기갈기 찢겨져 죽게 되리라.

정이량의 안색이 굳어졌다.

짐작은 했지만 더욱 강렬한 기파였다.

세상 누구라도 저 칼날 아래에 조각이 나서 처참하게 죽을 것 같은 공포심이 스며든다.

진조월 역시 고산의 기세가 돌변함과 동시에 본신의 모든 힘을 풀어내었다.

화아악!

거센 폭풍이 두 사람을 에워쌌다.

바람과 바람이 부딪치고 기파가 부딪치며 공간이 살짝 일그러졌다가 튕겨 나간다. 튕겨진 기파는 아무렇게나 휘어지며 주변 땅을 부숴 가고 있었다.

절대고수들 간의 생사를 건 대결.

뒤에서 은신한 용궁대의 대원들은 물론 제영정과 여설옥 역시 침을 꿀꺽 삼켰다.

이토록 먼 거리에 있음에도 불구하고 팔뚝에서 소름이 돋을 정도로 막강한 기세였다.

그들이 보기에 진조월이나 고산이나 인간이라 하기에는 조금 무리가 있었다.

기파를 증폭시키는 것만으로도 땅에 금이 가고 공간이 일그러지다니, 이게 사람이 가질 수 있는 무력이란 말인가?

진조월의 괴물 같은 무공을 봤지만, 이렇게 보니 또 다르다.

여설옥은 가슴이 떨려 오는 걸 느꼈다.

'사형은 진정 궁극의 경지에 달하셨구나.'

고산의 후면에서 스산하게 일어난 기세가 섬뜩한 귀신의 형상을 만들었다.

마찬가지로 진조월의 등 뒤에도 한 마리 공포스러운 악귀상이 떠오르고 있었다.

고산이 웃었다.

"그것이 군림마황무를 구 성(九成) 이상 익혀야 나온다는 마황현신(魔皇現身)이로구나!"

그는 진정으로 지금의 전투를 즐겨 하는 듯했다.

진조월은 왼손을 앞으로 뻗고 가볍게 오른 주먹을 쥐어 뒤로 빼었다.

그들 사이로 땅이 갈라지고 바람이 몰아쳤지만 다시 한 번 정적이 찾아왔다.

고산의 눈동자가 붉게 돌변하고 진조월의 동공은 파랗게 물든다.

그렇게 얼마의 시간이 지났을까.

둘은 누가 먼저랄 것도 없이 동시에 움직였다.

공간을 차곡차곡 접어 가며 다가가는 그들의 모습은 일견 너무 느리게 보였다.

그러나 정이량은 그것이 극한의 빠름으로 인해 오히려 느려 보이는 착시 현상이라는 걸 알 수 있었다.

도대체 얼마나 빠르기에?

번쩍 하는 빛깔이 사방으로 퍼져 나갔다.

진조월은 한 걸음 물러났고 고산 역시 한 걸음 물러섰다.

진조월의 의복 옆구리 부분이 살짝 베여졌고 고산의

의복 어깨부분이 살짝 가루로 변해 흩어져 간다.

고산의 얼굴이 재차 냉정해졌다.

그의 귀문도가 일순간 환상처럼 움직이며 진조월을 공격해 갔다.

허공에 수십 개의 묵빛 도광(刀光)이 생성되며 파도처럼 거세게 쓸어 간다.

일수유에 육십사도(六十四刀)를 휘두른 고산의 칼질은 그야말로 눈이 부신 것이었다.

고산의 독문무공이자 천하 무림에서도 세 손가락 안에 든다는 최악의 도법 십연지옥도(十淵地獄刀)가 수십 년 만에 고개를 드는 순간이었다.

진조월의 눈동자가 스산해졌다.

십연지옥도, 지옥도법이라면 천마삼십육절의 어느 무공과 비교해도 손색이 없는 극상승의 절기라 할 만했다.

무림에 존재하는 수천, 수만 가지의 도법 중에서도 세 손가락 안에 들어간다니, 그 대단함이야 어찌 말로 표현할 수 있으랴.

진조월 역시 그에 걸맞은 수준 높은 절기를 꺼내지 않은 이상 부담하기 어려운 무공이라 할 수 있을 것이다.

진조월의 주먹이 탄력적으로 허공을 몇 차례나 가격하였다.

그 단타(短打)의 속도가 어찌나 빠른지 대기가 찢어지는 것 같았다.

파바박!

허공에서 몇 번의 폭발음이 터졌다.

고산은 주춤했지만 재차 귀문도를 휘둘렀다. 환상처럼 칼날의 그림자를 만들던 이전과는 달리 극한의 날카로움으로 대지를 찍어 가는 도세(刀勢)였다.

십연지옥도 중 지옥참(地獄斬)이라는 초식으로 일단 펼쳐지면 바위든 강철이든 세상이든 가리지 않고 갈라 버린다는 악명 높은 도초(刀招)였다.

진조월의 눈동자의 한기가 짙어졌다.

그토록 강렬한 환도(幻刀)를 펼치고도 너무도 매끄럽게 칼질의 성질을 바꾸어 낸다. 진정 고산의 경지는 대단하다 아니 말할 수 없었다.

진조월은 군림마황보법을 펼쳐 지옥참의 지독한 참격(斬擊)을 아슬아슬하게 피해 냈다. 천고의 보법인 군림마황의 보법으로도 지옥참의 도법을 전부 피해 내지 못해 장포자락 일부가 완전히 베어지고야 말았다.

동시에 질러지는 그의 주먹.

강렬한 기파로 인해 대기가 우그러진다.

산 하나가 통째로 밀고 들어오는 듯한 강렬한 일격. 이전 권절과 검절을 상대로 펼쳤던 천마절기 파산일권(破山一拳)이었다.

이미 천마의 무학을 어렸을 때부터 흥미롭게 생각하고 제법 공부를 해 두었던 고산이었다.

이 묵직한 기세와 빠름, 그리고 강철조차 두부처럼 으스러트릴 듯 소름끼치는 권세를 보고 상대가 펼친 무공이 무엇인지 깨달은 그였다.

정면으로 맞붙기에는 다소 부담스러운 기세.

그의 몸이 부신(浮身)의 요결로 파산일권의 권력을 상당수 흩어 내고 재차 몸을 돌려 칼을 뻗었다. 귀문도가 화살과 같은 경력을 쏘아 내 진조월의 목을 노렸고 진조월은 고개를 숙이며 광마십이각의 각법을 펼쳐 고산을 공격한다.

거친 타격음과 함께 진조월과 고산의 몸이 일 장씩 뒤로 물러섰다.

진조월의 목에는 얕은 자상이 생겼다.

겉으로 보기에는 그가 손해를 본 듯하나 실상 고산
역시 멀쩡하지 않았다.

그는 시큰거리는 좌측 팔뚝을 흔들었다.

광마십이각이 스치고 지나간 자리였다.

정통으로 맞았다면 아무리 좋게 봐 줘도 뼈가 으스
러졌으리라. 그야말로 가공할 만한 위력이었다.

'무식한 위력이다.'

그때 진조월의 우측 손이 전면으로 향했다.

쫙 편 손이 서서히 우그러진다.

보이지 않는 공기 중의 기가 일그러졌다.

고산은 대경하여 재빨리 옆으로 물러섰다.

순간 그가 선 자리가 화포라도 맞은 듯 거세게 터져
나갔다.

기척도 없이 공간과 공간을 접어 으스러트리고 터트
리고, 우그러트리는 괴악한 장법, 압벽장이었다.

진조월은 고산이 그리 움직일 줄 알았다는 듯 정확
하게 그가 있는 곳으로 질주하며 손을 휘둘렀다.

한 줄기 빛살이 날아가 꽂히는 것 같았다.

천마삼십육절 중 하나인 섬전일사(閃電一死)의 수공
(手功)은 이름 그대로 섬전과 같았다. 고산은 급격하

게 귀문도를 쳐올렸다.

까아앙!

칼과 손이 부딪쳤는데 쇠울음 소리가 터진다.

고산은 눈을 치떴다.

칼도 그냥 칼이 아닌 보도(寶刀)의 반열에 오른 귀문도였고, 그런 귀문도에 내공을 불어넣은 사람이 다른 누구도 아닌 자신이었다.

그런 칼과 부딪친 손이 멀쩡하단 말인가?

진조월은 손에서 느껴지는 극심한 고통에 속으로 치를 떨었다.

불어넣은 내공이 일 푼만 적었어도 손가락이 모조리 잘렸을 것이다.

'엄청나군.'

무도가 어느 정도 경지에 올라 스스로의 실력에 자신이 생긴 이후로 다른 어떤 곳은 베여 봤어도 손에는 상처 하나 생기지 않았었다.

그것은 천마삼십육절 중 손을 만년한철(萬年寒鐵)보다도 단단하게 만들어 주는 철극공(鐵極功)을 대성했기 때문이다.

'자칫 방심하다가 정말 끝장나겠어.'

그는 내색치 않고 바로 공격에 들어갔다.

손이 튕겨지자마자 반대쪽 손을 뻗는데 정확하게 고산의 목을 노렸다.

잡아 뜯으려는 듯 뻗어 나간 손이 살벌한 기세를 풍긴다.

참룡금조수였다.

고산의 안색이 돌변했다.

무시무시하게 빠른 연계기이자, 위력이었다.

그는 마성사(魔聲絲), 참사류(斬死流)의 초식을 연이어 펼치고 나서야 겨우 진조월의 손아귀를 벗어닐 수 있었다.

그의 좌측 어깨를 덮고 있었던 의복이 죄다 찢어져 나갔다. 만약 조금만 더 깊었다면 찢겨 나간 것은 의복만이 아니라 팔이 되었으리라.

생각보다 훨씬 살벌한 위력이었다.

그러나 고산 역시 그저 보고만 있지 않았다.

탄력적으로 피함과 동시에 일도(一刀)를 휘두르는데 마치 대지를 전부 갈라 버릴 기세로 무지막지한 기세가 펼쳐졌다.

그 위력이나 속도나 어디 한 군데 흠잡을 곳이 없었

고, 칼질 속에 담긴 무리(武理)와 필살의 의지는 은밀
하고도 확연했다.

십연지옥도의 전광마영참(電光魔影斬)이었다.

정면대결은 지금 진조월에게 부담이 될 수밖에 없을
터, 그럼에도 진조월은 마주 주먹을 뻗어 냈다. 피한다
고 피할 수 있는 일격이 아니었다.

쾃르릉!

벼락 치는 소리와 함께 진조월이 삼 장이나 뒤로 물
러서 몸을 세웠다.

그의 복부에는 긴 자상이 생겼는데 비록 내장이 상
할 정도로 베이진 않았다고는 하나 무시할 수도 없는
상처였다.

고산 역시 비칠비칠 뒤로 물러섰다.

그의 옆구리에 손가락만 한 작은 구멍이 생겨났다.
진조월의 혼천지에 당한 상흔이었다.

고산이 찬탄했다.

"대단하다. 그 위급한 와중에 송곳처럼 예리한 지공
으로 몸에 구멍을 내놓다니."

"당신의 도법 역시 매섭군."

"그래도 내가 더 이익을 본 듯하구면."

"그렇군."

진조월은 내심 답답했다.

고산의 무공은 상상 이상이었다.

맞붙기 전에도 느꼈지만 어설프게 힘을 써서 이길 만한 상대가 아니었다.

마음 같아서는 파검을 뽑아 진실된 무학을 펼치고 싶었지만 혹시나 모를 생각 때문에 그러기가 힘들었다.

파검의 귀기가 강대해지면 내부에서 꿈틀거리는 광야종의 봉인도 서서히 해제가 될 테고, 이 자리에서 절제되지 못한 광야종까지 터지면 근방에 있는 모두가 지옥으로 가게 될 것이다. 아군도, 적군도 미친 야수의 발톱에 갈기갈기 찢겨지리라.

그는 자신의 힘을 정확하게 알고 있었다. 그리고 판단도 정확하게 할 수 있었다.

이 상태로는 고산에게 심한 부상을 줄 수 있을지언정 죽게 되는 것은 자신이 될 것이다.

수많은 전투로 단련이 된 감각이었지만 고산도 만만치가 않았다.

지금 고산이 옥에 갇힌 이후 처음으로 무공을 사용하여 약간의 괴리감을 느끼고 있지만 그의 초식은 한 번의 격돌마다 무섭도록 정교해지고 탄력적으로 변하고 있었다.

실전을 겪으면서 자신이 올라선 경지를 확실하게 수용하고 있는 중이리라.

만약 고산이 자신의 힘을 가감 없이 온전하게 사용할 시기가 되면 자신의 승리는 지나치게 어려워질 것이다.

고산 역시 눈을 가늘게 뜨며 진조월을 바라보았다.

"이미 내상을 입고 몸 또한 정상이 아닌 상태에서 겨루었으니 약간의 하자가 있으리라 생각했다. 어차피 생사를 건 결전이라는 것이 마냥 최고의 상태에서만 이루어지지는 않는 것이니 승부에서 진다면 그 또한 진 사람의 실력이지. 하나 본신의 힘도 제대로 다 펼치지 못한 채 진다면 그것처럼 억울할 일이 어디에 있겠나."

맞상대하는 고산은 알고 있었다.

진조월이 본인의 모든 힘을 다 쏟아붓고 있지 않다는 것을.

흔히들 얘기하는 고수들에게는 그것을 알아보는 게 어렵지 않다.

진조월의 눈동자가 파랗게 빛났다.

그렇다.

이왕 내친걸음.

고산의 말처럼 몸 안에 있는 짐승이 무서워 그냥 죽나, 후회 없이 펼쳐 보나 그게 그거다.

언제까지나 광야종의 거친 힘이 껄끄러워 이렇게 살수는 없는 것이다.

사실 그런 이유보다는, 그 역시 전력을 다해 부딪치고 싶은 마음이 있었다.

이만한 상대를 만나기란 결코 쉽지가 않다.

상황이 상황인지라 참아내고만 있었으나 그의 가슴 깊숙한 곳에 숨은 무인의 본능이, 호적수를 만난 그 기쁨이 고개를 든 것이다.

그의 눈빛이 달라졌음을 알았는지 고산의 얼굴에 자그마한 미소가 걸렸다.

바위에 실금 하나 그어진 정도였지만 그는 분명 웃고 있었다.

"이제야 제대로 해 보려는가."

진조월은 파검의 검파에 손을 대며 입을 열었다.

"정 대주."

"예?"

"육십 장 너머로 물러서시오."

정이량의 얼굴이 굳어졌다.

육십 장.

말이 육십 장이지 범부에게 있어서도, 무인에게 있어서도 먼 거리다.

절정에 다다른 고수라면 삼 장의 거리를 한 걸음에 좁힐 수 있다지만, 육십 장이면 산술적으로 봐도 스무 걸음.

그 스무 걸음을 옮기는 시간에 열 번, 스무 번도 더 죽을 수 있는 것이 고수들 간에 싸움이다.

그의 의지가 느껴졌다.

정이량은 고개를 한 번 숙이고는 재빠르게 뒤로 물러섰다. 과연 신법 하나만큼은 강호 최정상을 달린다는 세간의 평가에 맞게 그의 모습은 눈 깜짝할 새에 사라졌다.

고산 역시 뒤도 돌아보지 않은 채 말했다.

"둘째와 막내도 육십 장 밖으로 물러서라."

"형님?"

"저이가 드디어 제대로 해볼 생각이 들었나 보다."

만보효와 장묘는 군말 없이 뒤로 물러섰다.

자존심이 상하는 건 상하는 것이고 현실은 현실이다.

고산이 그러하라는 것은 분명 그만한 뜻이 있으리라.

물러서면서도 만보효는 가슴이 서늘해지는 것을 느꼈다.

'그럼 지금까지의 전투는 제대로 붙은 것이 아니었단 뜻인가?'

눈으로 빤히 보고 있으면서도 어떻게 움직이는지, 어떻게 칼을 휘두르는지, 어떻게 반격을 하는지 감조차 잡을 수 없었다.

그는 진정으로 저 두 사람이 수준을 달리하는 고수임을 자각했다.

고산이 귀문도를 처음으로 두 손으로 쥐었다.

폭풍처럼 사방을 압도하는 기운이 잠잠하게 가라앉는다. 하지만 오히려 잠잠해진 고산의 모습이 더욱 무섭다.

진조월은 파검을 뽑았다.

그의 기세 역시 잠잠했다.

천지를 굴복시킬 마황의 기운은 체내로 머금어진다. 어지간한 삼류무사의 어설픈 기운보다도 맥없어 보였다.

그러나 진조월이나 고산이나 잘 알고 있었다.

기세를 집중하고 또 집중하여 쓸데없이 빠져나가는 기운을 갈무리한 현재의 싸움이 더욱 어려워졌다는 것을.

고산의 눈꺼풀이 파르르 떨렸다.

'이건 다르다.'

검을 뽑았는데 삼엄한 검기가 보이거나 송곳처럼 날카로운 예기도 없다.

차갑게 떠올랐던 진조월의 눈동자도 범부의 그것처럼 평범해 보인다.

몸도 버드나무 가지처럼 느슨하여 조금만 바람이 세게 불어도 날아갈 것만 같았다.

저 잔잔한 모습 안에는 세상을 파멸시킬 악귀가 득실거리고 있을 것이다.

그렇게 반 각이라는 짧은 시간이 지난 뒤.

순간 번쩍! 하는 빛이 명멸한다.

서로의 거리가 오 장이나 떨어져 있음에도 눈 한 번 깜빡이기도 전에 둘의 신형은 급격하게 좁아졌다.

진조월의 파검이 무시무시한 속도로 휘둘러졌고, 고

산의 귀문도 역시 파격적인 기세를 갈무리한 채로 허공을 일자로 치고 나간다.

쩌어어엉!

검과 도가 부딪치는 소리는 맹렬했다.

그 음파의 확산력이 얼마나 무지막지했는지 소리로 땅이 흔들릴 지경이었다.

만일 이 주변에서 서성이는 자가 있었다면 모두 고막이 파괴되고 내장이 진탕되어 피를 토했으리라.

고산의 칼은 강했다.

강하고 빨랐다. 웅장했고 파괴적이었다.

단 일수에 상대는 물론 지형지물까지 소멸시켜 버리는 괴악한 힘이 있었다.

이미 그 자신이 가진 도법을 대성에 가깝도록 익힌 듯했다.

반면 진조월의 검은 고산에 비해 결코 모자라지 않을 만큼 빨랐지만, 강함보다는 날카로움이 우선이었다.

소름끼치도록 날카로워 공간이 다 베어질 것만 같았다. 마음만 먹으면 산 하나도 통째로 갈라 낼 듯했다.

아수라(阿修羅)의 마검(魔劍)과, 염왕(閻王)의 마도(魔刀)가 강렬하게 부딪친다.

서로의 틈을 노리는 공격들이 아니었다.

정면승부, 부딪치고 또 부딪치는 그들의 무공은 이전보다 훨씬 격렬했다.

검과 도가 부딪치는 소리가 연이어 대지를 울렸고 폭발적인 살기와 마기의 소용돌이 때문에 저 멀리 떨어진 나무들조차 벌벌 떠는 듯했다.

진조월은 굳이 광야종을 제어하려 하지 않았다.

그것을 제어할 신경은 있지도 않다.

쳐 내는 검력에 집중해야 승리의 확률이 높아지고 결국 살 길이 생기는 것이다.

고산의 무공은, 삼 년 만에 강호로 나온 이래 처음으로 전력을 다해야 할 정도로 강렬했다.

고산 역시 자신의 전력을 다해 칼을 휘둘렀다.

무서운 속도로 자신의 무공과 실전에 적응한 그의 칼은 이전의 전투 때보다 더욱 정교해졌고 부드러워졌다.

그렇게 얼마나 검과 도가 부딪쳤을까.

일순 고산의 눈동자에 사이한 광채가 뿜어져 나왔다. 승부를 보겠다는 의지이리라.

귀문도에 먹물처럼 은은한 섬광이 피어올랐다.

동시에 바닥에서 엄청난 숫자의 도광(刀光)이 치솟는다.

적어도 대지를 밟아 살아가는 존재들에게 있어서 막을 수 없는 살수였다.

땅을 죄다 박살내며 솟구치는 도광의 힘은 일격, 일격이 바위조차 가루로 만들어 버릴 만큼 압도적이다.

고산의 십연지옥도, 승천마룡인(昇天魔龍刃)의 초식이었다.

수십 마리의 시커먼 용이 아가리를 펼치며 오르는 듯했다.

평범한 대응으로는 결코 막아 낼 수도, 피해 낼 수도 없다.

진조월의 파검 역시 시뻘건 불길을 머금고 대지로 내리꽂힌다.

하늘 높은 곳에서 수십 줄기의 유성이 쏟아지는 듯했다.

직선으로 혹은 곡선으로, 각기 신들린 듯한 움직임으로 그림을 그려 가며 쏟아지는 검광(劍光)의 찬연함은 눈이 부실 정도였다.

마도오대검공 중 하나이며 절대마검식(絕代魔劍式)

으로까지 불리었던 무림 역사상 최악의 검법.

과거 천마(天魔)라 불리었던 이의 가장 유명한 절학 혈예수라검(血刈修羅劍)의 유성광천(流星狂天)이었다.

쏟아지는 무차별 검광과 솟구치는 괴악한 도광이 정면으로 충돌했다.

콰콰쾅!

진조월과 고산이 부딪치자 그들 주변 이십여 장이 완전히 초토화가 되었다.

무지막지한 힘이 터져 나가며 삼십여 장 너머의 바위에 구멍이 뚫리고 땅 여기저기가 움푹 함몰되기에 이르렀다.

보는 이들은 입을 쩍 벌렸다.

한 자루의 부러진 철검과 투박한 박도가 부딪친 결과물이라고는 감히 상상조차 할 수 없는 위력이었다.

마신(魔神)과 사신(死神)의 격돌이 이러할까.

정이량은 왜 진조월이 자신더러 육십여 장이나 뒤로 물러서라고 했는지 그 이유를 알 것 같았다.

지금 저들의 영역에 한 발자국만 잘못 디디면, 무공의 고하를 떠나 시신조차 제대로 남기지 못하고 죽는다.

막고 피할 새도 없을 것이다.

튕겨진 검기의 여파가 삼십여 장을 뒤집었지만 그 강렬한 음파는 오십 장을 넘어서 죽음의 지대를 만들어 내고 있었다.

이곳에서 두 사람의 격돌을 보는 이들은 적어도 고수라는 말이 부끄럽지 않은 이들이 대다수였다.

당연히 스스로의 자부심도 있을 것이고 자존심도 강하다.

그런 그들은 자부심과 자존심이 갈가리 찢겨지는 걸 느꼈다.

이건 무공의 수준이고 뭐고를 떠나 아예 차원이 다른 무신(武神)들의 격전이었다.

왜 절대고수라 하는 작자들이 군단조차 우습게 여기는지를 그들은 눈으로 보고 깨닫는 중이었다.

둘은 각기 십여 걸음이나 물러서 울컥 피를 토했다.

그러나 그들의 눈빛은 조금도 흔들리지 않는다. 피를 토하는 와중에도 상대를 보고 인지한다.

고산은 재차 폭발적으로 움직이며 귀문도를 휘둘렀다. 거의 차이가 없는 시기에 진조월 역시 벼락처럼 움직여 파검을 휘두른다.

고산의 귀문도가 귀도참백(鬼刀斬魄)의 초식으로, 진조월의 파검이 규호참영(叫號慘影)의 초식으로 다시 한 번 부딪쳤다.

연이어 터지는 강렬한 충격파에 다소 경지가 낮은 용궁대의 대원들은 모두 눈을 감고 귀를 막았다.

세상을 소멸시킬 듯한 빛과 이토록 먼 거리가 떨어졌음에도 귀가 따가울 정도로 퍼져 나가는 굉음에 정신을 못 차리는 것이다.

그렇게 서로가 펼칠 수 있는 최고의 무학들이 십여 차례나 부딪치길 반복했다. 더 이상 버티지 못한 둘이 무려 오 장이나 물러서며 땅을 구른다.

온몸에 일곱 군데의 도상(刀傷)을 입은 진조월은 한 사발이나 되는 피를 울컥 토해 냈다.

피의 색깔로 보아 극심한 내상을 입은 것이 분명했다.

그것은 고산이라고 다를 것이 없었는데, 그의 몸 역시 여기저기 심각한 검상들로 가득 덮였고 코와 입에서 흐르는 피는 엄중한 내상을 입었다는 걸 증명하였다.

그 와중에도 고산은 히죽 웃었다.

창백한 안색에 어울리지 않은 만족스러운 미소였다.

"이제 우리 끝을 낼 시기가 된 듯하네."

진조월은 가만히 고개를 끄덕였다.

그의 안색은 창백한 걸 넘어서서 거의 푸르죽죽하게
죽어 있었다.

정면대결을 펼치면서 이전에 입었던 내상이 더욱
심해진 것도 있었지만, 신경을 쓰지 않으려 해도 자꾸
만 뛰쳐나가려는 광야종을 막기 위해 진기의 일부를
틀어막았기에 아무래도 상처가 더 심해질 수밖에 없었
다.

말 그대로 죽음 직전인 상황이었다.

반면 그가 쥔 파검의 귀기는 섬뜩한 광채를 발했다.

고산은 다시 한 번의 토혈을 한 이후 천천히 몸을 일
으켰다.

"자네 무공에 진정 경의를 표하지 않을 수 없군. 겨
루기 전에 자네가 멀쩡했다면 이미 나는 쓰러져 혼백
이 분리되었겠지. 이처럼 멋진 결투를 벌일 수 있어 실
로 영광이었네."

마지막 일격.

이번 승부로 인해 둘 중 누가 죽어도 이상하지 않으

리라.

혹은 둘 다 죽을 수도 있었다.

진조월 역시 이를 악물며 말했다.

"그저 마지막까지 최선을 다할 뿐이오."

둘 다 말투가 바뀌었다.

상대를 죽일 각오로 싸우면서도 결투를 반복하면서 서로에게 경탄을 머금은 것이다.

고산은 가만히 귀문도를 양손으로 쥐며 앞으로 세웠다.

"십연지옥도, 십왕십지현(十王十地現)일세. 자네의 검에 부끄럽지 않을 마지막이라 감히 장담할 수 있네."

"혈예수라검, 참제광위(斬帝狂位)요."

고산이 감탄했다.

"그 나이에 벌써 거기까지 익혔단 말인가? 참으로 대단하네. 내 알기로 천하제일마검이라 불린 혈예수라 검법의 마지막은 참제광위가 아닌 것으로 알고 있네만, 혹 아직 익히지 못한 것인가?"

"아직 자신 있게 펼치기 힘든 초식이오. 그럴 바에 야 확실하게 익힌 참제광위가 낫다 할 수 있을 것이오."

"과연 그렇군. 이런 식으로 만나지 않았다면 달밤에 술이라도 한잔하겠으나, 상황이 상황인지라 안타깝기 짝이 없네. 누가 이기든 후회 없는 승부가 되었으면 하네."

"이하 동문이오."

고산의 몸에서 스산한 기운이 퍼져 나갔다.

강렬하지 않지만 안개처럼 주위를 잠식하는 기파였다.

그것이 이후에는 점차 심해지더니, 어느새 주변에 악귀들이 떠도는 것 마냥 섬뜩한 기운이 가득하였다.

아직도 그만한 힘이 남아 있는 고산과는 달리 진조월은 거의 붕괴 직전에 와 있었다.

그의 눈동자의 한쪽이 은은한 붉은색으로 올라왔다가 재차 푸른색으로 돌아가길 반복했다.

육체가 죽음에 가까워지자 애써 꽁꽁 붙들었던 광야종이 군림마황진기의 틈을 비집고 들어가 육신을 차지하기 위해 몸부림치고 있는 것이다.

그는 이를 악물었다.

그냥 풀어 주면 분명 지금보다는 나아질 것이다.

나아지는 수준이 아니라 훨씬 좋아질 것이 분명했다.

광야종은 거친 기파와 극한의 살기로 주변 전체를 죽음의 영역으로 만들지만 치상결(治傷決)의 요결이 유례를 찾아보기 힘들 정도로 뛰어나 시전자의 상처를 엄청난 속도로 치유해 준다.

전대 오왕이 그리도 심각한 상처를 입었음에도 조금이나마 살아남을 수 있었던 이유가 모두 광야종의 치상결 때문이다.

하지만 정신력으로 광야종을 제어할 자신이 없었다.

아무리 그래도 정이량이나 등천용궁대, 그리고 두 사제를 죽이는 것보다 차라리 자신이 죽는 게 나았다.

복수고 나발이고 내가 정을 주고 존경하는 이들을 죽이는 건 절대로 불가한 일이었다.

결국 진조월의 파검이 군림마황진기를 잔뜩 머금었다. 붉게 달아올랐던 눈동자가 다시 위엄 넘치는 푸른색으로 물든다.

준비는 끝났다.

그리고 준비가 끝나는 순간 고산의 몸과 진조월의 몸은 서로를 향해 빛살처럼 움직였다.

그리도 심각한 내상을 입은 이들의 몸놀림이라고는 이해할 수도, 상상할 수도 없는 움직임이었다.

정이량은 눈을 질끈 감았다.

'진 공자님!'

저 둘을 제외하면 이곳에서 가장 고수는 정이량과 철마중검 만보효, 환수귀 장묘였다.

그런 그들이 보기에도 고산보다는 진조월의 내상이 더 심각했다.

이번 한 수의 격돌로 피해를 볼 사람은 진조월일 확률이 너무 높았다.

그럼에도 도와줄 수가 없다.

저런 절대고수들 간의 결전은 그들보다 한 수 위의 고수라 해도 참견할 수가 없다. 충격파가 워낙 거세기 때문이다.

그렇게 진조월과 고산은 서로를 향해 무시무시한 속도로 부딪쳐 갔다.

파아아악!

"크아악!"

섬뜩한 소리와 비명 소리가 연이어 들렸다. 정이량은 이를 악물며 살짝 눈을 떴다.

한데 뭔가…… 이상하다?

그는 고개를 갸웃거리며 눈을 살짝 떴다.

그리고는 믿을 수 없는 광경을 보았다.

시커먼 귀문도가 저 멀리 튕겨지며 나무 다섯 그루를 박살 내고 땅에 박혔다. 그리고 귀문도의 주인인 고산은 처절한 비명을 지르며 십여 장이나 뒤로 날아가 땅바닥을 굴렀다.

만보효와 장묘가 기겁한 얼굴로 그에게 다가간다.

'진 공자님은?'

아무리 찾아보아도 보이지가 않는다.

그때 안탕산, 적어도 이 영역 안에서 싸움을 지켜본 모든 무인들은 뼈와 살이 분리될 것 같은 무자비한 섬뜩함에 파랗게 질렸다.

엄청난 공포가 그들의 뇌리를 거세게 강타했다.

그리고 한 줄기 미친 기세가 북쪽을 향해 무시무시한 속도로 질주하고 있었다.

얼마나 빨랐는지 잔영조차 보이지 않았다.

제영정이 외쳤다.

"진 사형!"

4.
음모발동(陰謀發動) (1)

임가연의 눈이 투명하게 빛났다.

어둠과 완벽하게 동화가 된 그녀의 모습은 그림자보다도 자연스러웠고 안개보다도 은밀했다.

손에 쥐고 있는 비수조차 단 한 점의 예기를 발하지 않았고 움직이는데도 옷깃 펄럭이는 소리조차 나지 않았다.

누가 볼 수도 없겠지만 설령 본다 하더라도 허깨비를 봤다 생각할 것이다.

역사가 더해져 계속 발전한 칠왕의 무학들.

그중 임가연이 이은 천사종(天死宗)은 하늘이 죽음

을 내린다는 뜻에 어울릴 만큼 잠입(潛入), 암살(暗殺), 은행(隱行), 격살(擊殺)에 극을 이룬 살법(殺法)이었다.

하여 같은 칠왕들 중에서도 무공으로 그녀를 이길 자들이 많다지만, 영역이 암습으로 들어간다면 최강자는 단연 그녀가 될 수밖에 없었다.

돌멩이 하나로도 황제까지 암살 가능하다는 임가연이었다.

하지만 안타깝게도 이번 임무는 황제가 아니라 무력이 초절정에 이른 검객이었고, 어쩌면 황제를 죽이는 것보다도 어려운 임무가 될 수도 있었다.

이런 고수들이 득실대는 곳에 잠입하는 건 실로 어렵다.

내기(內氣)가 경지에 이르고 무수한 단련으로 오감이 극한까지 단련이 된 무인들은 십 장 밖에서 은밀하게 다가오는 사람의 인기척까지 파악해 낸다.

하물며 검림맹에 모인 검귀(劍鬼)들 중에 최소 약자라 불릴 만큼 허술한 이들이 없었고, 내성으로 들어갈수록 사람 수는 줄어들지언정 고수들의 숫자는 불어나게 된다.

경지가 높아질수록 고수의 힘이 얼마나 넓은 폭으로, 얼마나 높이, 얼마나 거세게 상승하는지 임가연은 누구보다 잘 알고 있었다.

당연히 그들의 예민함도 일류니 하는 고수들에 비할 수 없다.

놀라운 것은 그 모든 예민한 고수들의 이목을 속이고 검림맹 맹주, 사혼혈검 진사유가 거하는 곳에 들어온 임가연의 능력이다.

외성 벽에서부터 내성 가장 은밀한 맹주전까지 들어선 그녀의 움직임은 귀신과도 같았다.

불과 일각 만에 그녀는 철통같은 검귀들의 이목을 모조리 속이고 내성까지 잠입한 것이다.

은영사검이 이 광경을 봤다면 자신은 헛것을 배운 살수라며 통곡을 할 것이다.

그녀는 가만히 눈을 감았다.

눈을 감자 그렇지 않아도 예민한 그녀의 감각이 더욱 확대된다.

청력과 후각 거기에 육감까지 더하여 임가연의 유령과 같은 기는 사방으로 퍼져 나갔다.

얼마나 지났을까.

마침내 그녀의 눈이 번쩍 뜨였다.

맹주전에서도 가장 높은 건물, 그곳의 일층부터 시작하여 꼭대기인 오층까지 돌파한 임가연이었다.

속도는 발군이요, 기세는 공기조차 떨리지 않을 정도로 은밀했다.

그리고 마침내 미세한 창문의 틈으로 물이 스며들 듯 들어선 그녀의 눈에 잡히는 두 명의 인물이 있었다.

침대에 곤히 자고 있는 한 명의 중년인과, 그의 가슴에 안겨 자는 묘령의 여인.

'진사유.'

이불 위로 드러난 탄탄한 근육과 붉은 머리카락이 그를 진사유라고 증명하고 있었다.

굳이 그것이 아니더라도, 자고 있으면서 이런 묵직한 분위기를 자아낼 수 있는 고수는 천하에서도 찾아보기가 쉽지 않은 것이다.

진사유의 가슴에 안겨 잠이 든 여인은 아마도 그의 첩이리라.

그녀는 암살에 나서기 전 진사유에 대한 성격과 습관, 여성 편력이나 과거의 행동들을 모조리 숙지했었다.

'지극히 자존심이 강한 자. 과거 이십여 차례 미색이 뛰어난 여인들을 강간하였고, 죄를 덮기 위해 일가족까지 몰살시킨 전적이 있는 죄인. 사기 행위로 죽어나간 죄 없는 자들의 수만, 수백. 호광 각종 이권사업에 뛰어들어 방해가 된 이들을 모조리 숙청하고 엄청난 자금력과 정보력을 구축한 자.'

그야말로 백 번, 천 번을 갈기갈기 찢어 죽여도 시원찮을 악인이었다.

심지어는 지금 그의 가슴에 안겨 자고 있는 여인 또한, 어린 나이에 어울리지 않게 지독하리만치 사악하여 범죄에 가까운 행위들을 눈 하나 깜빡하지 않고 행한다 하였다.

'끼리끼리 잘 노는군.'

하지만 비밀리에 이러한 사실을 알고 있음에도 진사유가 아직까지 죽지 않은 것은 그가 가진 대단한 무력과 그를 후원하고 있는 철혈성이란 배경 때문이었다.

약자에게는 강자의 폭력이 법인 시대.

철혈성은 강호에서 법으로 군림할 정도로 대단한 위치에 선 제일의 세력이라 할 수 있을 터.

임가연은 살심이 치미는 것을 억눌렀다.

여기서 조금의 살기라도 흘리다가는 진사유가 눈치를 챌 것이다.

아무리 살왕이라고까지 불리는 임가연이었지만 신중해질 수밖에 없었다.

상대는 누가 뭐라 해도 천하에서 유명한 초절정의 고수 아니던가.

창문에서 내려선 그녀.

평범하게 걸어가고 있음에도 발걸음은 물론 공기의 파동, 기세나 인기척이 아예 없다.

눈 뜨고 보지 않았다면 믿을 수 없을 정도로 조용하다.

'이렇게 편히 죽는 것을 복으로 알아라.'

천천히 그의 옆까지 걸어가려는 순간, 그녀의 걸음이 멈추었다.

임가연의 등 뒤로 한 줄기 서늘한 무언가가 훑고 지나간다.

'기관?'

그녀가 선 곳에서 침상까지는 평범한 사람의 걸음으로 대략 십여 보.

일류에 이른 고수라면 눈 한 번 깜빡이기도 전에 좁

힐 수 있는 거리였다.

임가연이나 진사유 정도라면 그야말로 번개가 내려치는 속도로 좁힐 수 있는 거리.

그녀는 은밀히 주변을 훑었다.

호화롭기가 말도 못할 방이었다.

예술에 가까운 도자기들이며 서역(西域)에서 가져온 양탄자까지 깔린 방.

이 방 안에 있는 호화찬란한 물품들만 팔아도 족히 금자로 십만 냥은 나올 듯싶었다.

그러나 이처럼 호화로운 방안에 은은한 살기가 감돌고 있었다. 아주 주의해서 보지 못했다면 눈치챌 수 없을 정도로 은은한 살기.

잘 때 항상 기관을 작동시키고 자는 듯했다.

진사유의 조심성에 임가연은 코웃음이 나왔지만, 본능적으로 이 기관들이 무시 못 할 것이라는 걸 깨달았다.

한 발만 더 내딛었다면 사방에서 강침(鋼針)이 날아왔을 터, 물체에서도 살기를 느낄 정도로 임가연의 민감함은 초절한 것이었다.

임가연은 난감한 처지에 빠졌다는 걸 깨달았다.

어떤 기관이 어떻게, 어떤 방식으로 펼쳐지는지 그녀는 잘 알았다.

살수들에게 있어서 기관지식에 대한 공부는 필수라 할 수 있었다.

어지간한 기관의 대가들보다도 기관지식에 대한 지식이 뛰어나다고 그녀는 자부했다.

그러나 그것은 말 그대로 보는 것에 불과할 뿐, 해체로 들어가면 다르다.

시간이 있고 거리낄 것 없다면 차근차근 해체를 하겠으나, 지금은 상황이 상황인 만큼 해체는커녕 건드리기도 힘들었다.

기관이 작동되는 순간, 인간의 영역을 벗어난 진사유는 눈을 뜨자마자 공격을 감행할 터.

기관의 무서움은 제치고서라도 진사유까지 합공한다면 살행이 실패로 돌아갈 수도 있다. 그녀는 잠시 고심했다.

'별 수 없군.'

심지어 저 악녀를 인질로 잡을까 생각도 했지만 먹히지도 않을 듯싶었다.

진사유의 악명을 생각했을 때, 인질극은 소용이 없

을 터.

그녀는 품에서 자그마한 구슬 하나를 꺼냈다.

생각이 정해지면 뒤를 돌아보지 않는다.

결정과 동시에 실행, 그것이 임가연의 철칙이었다.

매번 찰나 간에 목숨을 잃느냐, 사느냐의 간극에 선 그녀다. 당연하다면 당연한 일이다.

그녀는 구슬을 천천히 허공에 내밀었다.

그러자 놀라운 일이 일어났다.

분명 던졌음에도 구슬은 너무나도 천천히 허공을 유영하며 앞으로 나아갔다.

마땅히 땅에 떨어지거나 빠르게 앞으로 나아가야 할 텐데 마치 보이지 않는 귀신이 잡고 이동시키는 것처럼 구슬은 허공에서 천천히, 천천히 앞으로 향했다.

그리고 구슬이 임가연과 진사유의 사이에서 멈추는 순간.

팍!

구슬이 터지며 엄청난 속도로 주변을 흐릿하게 만들었다.

연막탄인 것이다.

동시에 진사유의 눈이 번쩍 뜨였다. 그의 눈이 뜨임

과 동시에 사방으로 숨겨 둔 기관이 무차별로 작동하기 시작했다.

파바바바박!

공간의 영역 안, 수백 개의 강침들이 허공을 찢어발기며 쏘아졌다.

그 속도나 위력으로 볼 때, 어지간한 절정고수라 해도 강침 하나조차 막지 못한 채 쓰러질 것 같았다.

임가연은 도리어 뒤로 물러서며 손을 휘둘렀다.

한 자루 비수가 빛살처럼 연막을 뚫고 쏘아졌다. 아직까지도 터져 나가는 강침 수십 개를 박살 내며 나아간 비수는 정확하게 진사유의 심장을 향해 있었다.

기겁한 진사유는 자신의 가슴에 안겨 있는 여인을 재빨리 잡아 앞으로 막았다.

임가연이 날린 비수가 여린 여인의 등판을 꿰뚫고 진사유의 어깨를 스치며 나아간다.

임가연의 눈빛이 더욱 스산해졌다.

보이지 않아도 진사유가 어떻게 자신의 비수를 막았는지 알 수 있었다.

과연 천하의 망종이라고 욕이라도 한 바가지 먹여 주고 싶었지만 지금은 그럴 상황이 아니었다.

"누구냐!"

실오라기 하나 걸치지 않은 진사유가 재빨리 침상 옆에 세워 둔 검을 잡았다.

그러나 임가연의 손은 그보다도 빨랐다.

연막으로 인해 보이지 않았지만 그녀는 이 영역 전체를 자신의 손아귀에 일어나는 일처럼 하나하나 꿰뚫을 수 있었다.

그녀의 손이 휘둘러지자 무시무시한 돌풍이 일어나며 십여 자루의 비수가 직선으로 치고 나간다.

아무리 진사유라 해도 너무 빠른 공격이었고 심지어 은밀하기까지 했다.

더군다나 갑작스레 암습을 받았기에 정신이 없었다.

퍼버벅!

"크으."

창졸간 검을 휘둘러 일곱 개의 비수를 쳐 냈지만 세 개의 비수가 각기 그의 옆구리, 허벅지, 어깨에 박혔다.

특히나 허벅지를 공격한 비수는 박히는 걸 넘어서 뚫어 버렸다. 뼈까지 상한 진사유가 일순 휘청거린다.

그때 마침 강침 세례는 멈추었고, 연막도 슬슬 흐트

러지기 시작했다.

임가연의 몸이 흩어지는 연막과 동화되어 빠르게 진사유에게 다가간다.

그녀의 손이 허리춤을 스치고 지나간다. 동시에 섬뜩한 소리와 함께 진사유의 고개가 탄력적으로 뒤로 넘어갔다.

다시 제자리를 찾은 진사유의 이마에는 폭이 좁고 얇은 검이 박혀 있었다.

은영사검의 검을 본 따 만든 검이었다.

그렇게 진사유는 이승을 뜨고 말았다.

지닌 악명에 비해서는 허무한 죽음이었지만 어쨌든 더 이상 악행으로 무고한 사람들이 피해를 보진 않으리라.

임가연은 가볍게 한숨을 쉬었다가 재차 눈을 빛냈다.

사방에서 거친 소리가 흘러나온다. 맹주의 방에서 터진 소리가 고수들의 이목을 집중시킨 것이다.

아직은 해야 할 일이 남았다.

그녀는 빠르게 검을 뽑아 방을 어지럽혔다.

살수들의 공격과 암격이 빗나간 흔적, 피를 흘리고 쓰러진 흔적까지 모조리 만들어 낸 그녀는 나는 듯 창문으로 나왔다.

야공을 가로지르는 임가연의 신형은 새처럼 그렇게 검림맹을 떠났다.

           *   *   *

검림맹에서 십여 리 이상 떨어진 산속.

그녀는 재빨리 천리신응의 발목에 자그마한 종이를 매달아 날렸다. 진사유의 암살에 성공했다는 전서였다.

그러나 그녀는 알지 못했다.

이미 며칠 전 단기중과 백성곡, 당무환에게 암살 성공의 종이가 날아갔음을.

그로 인해 그들이 북진을 시작하고 있었음을.

그들이 날린 천리신응이 누군가의 손으로 들어가 임가연에게 제대로 된 정보가 다가오지 못했음을.

           *   *   *

그들의 움직임은 그야말로 번개와 같았다.

산과 산을 넘고 들과 들을 넘나드는 세 줄기 빛살은

너무 빨라 사람의 눈으로 제대로 파악하기 힘들다.

강의 지류를 따라 배를 타면 빠르게 북진할 수도 있겠지만, 그들은 그러지 않았다.

이미 무신에 다다른 능력자들의 신법은 어떠한 운행 수단보다도 빠르다.

차라리 압도적인 빠름으로 목표지에 도달한 뒤 몸을 추스르는 것이 훨씬 빠른 길임을 그들은 알고 있었다.

눈 깜짝할 새에 호광 북부에 도달한 셋은 가만히 숨을 몰아쉬며 산속으로 들어섰다.

무작정 달린다고 전부가 아니다.

그들은 가만히 모닥불을 피워 놓고 자리에 앉아 체력을 회복시켰다.

그들 중 가장 젊어 보이는 중년인, 단기중은 한숨을 내쉬었다.

"일단 빠르게 여기까지는 왔습니다. 앞으로가 문제입니다."

아무리 임가연이 사혼혈검 진사유를 암살하고, 검림맹이 혼란의 소용돌이에 빠져들 것이라지만, 그들의 정보력을 아주 무시할 수는 없었다.

물론 마음만 먹는다면 그들의 눈을 피하는 것쯤이야

문제가 될 수 없지만 진짜 문제는 소요되는 시간과 속도였다.

파고들 때와 은인자중할 때는 다르다.

몸을 숨길 때는 인내심을 갖고 숙여야 하나, 한 번 기세를 타고 나아갈 때는 무자비하게 나아가야 한다. 시간이 늦어질수록 일이 얼마나 어려워지는지 그들은 잘 알고 있었다.

백성곡은 품에서 지도를 꺼내 펼쳤다.

모닥불이 주위를 비추었지만 이미 인간의 경지를 넘어선 그들에게는 빛이 있으나 없으나 무관했다.

"지금까지는 빠르게 달려왔다지만 지금부터는 다르네. 이쪽에서부터 최단 시간에, 저들의 눈을 피해서 이동해야 해. 알다시피 상당히 어려울 것이네."

모든 이목을 피해 내고 철혈성이 거한 섬서까지 달려가려면 빠르게 잡아도 칠 일은 잡아야 할 것이다.

지부의 눈과 검림맹의 눈은 그 깊이에서부터 다르다.

아무리 강남에 강인한 무인들을 파견했다고 하더라도 그것은 무력의 막강함을 보증하지 정보력을 보증하지는 못한다.

하물며 진조월을 잡기 위해 대거 이동을 감행했던

그들이 아니던가.

검림맹은 다르다.

연합체의 성격이며 철혈성에서 전폭적으로 지원을 해 주는 검림맹의 경우 오히려 무당파보다도 세가 강인하다고 알려졌고, 그 정보력 역시 호광에서 만큼은 어떠한 정보 단체보다도 뛰어나다 할 수 있을 터.

북진을 할 때 가장 먼저 돌파해야만 하는 산이 바로 검림맹이다.

"호광을 벗어나 섬서로 들어섰을 때, 가연이에게 기별을 넣어야 할 것입니다."

"그러세. 중간에 연락을 하려 해 봤자 저들의 이목만 끄는 행위가 될 터이니."

당무환은 가볍게 한숨을 쉬었다. 흐릿한 입김이 사방으로 퍼져 나갔다.

"아직 오왕에게는 연락이 오지 않는군요. 뭔가 불안합니다."

단기중의 얼굴도 굳어졌다.

"이겨 낼 것입니다. 녹록한 사람이 아니잖습니까?"

백성곡은 가만히 하늘을 바라보았다.

칠왕의 좌장.

비록 서로를 존중하며 함께 나아간다지만 거의 모든 결정은 백성곡이 하고 있었다.

그는 능히 그럴 만한 자격이 있는 사람이었다.

단순히 무공만 강하다고 해서 그를 좌장으로 앉힐 만큼 다른 칠왕들이 생각 없는 이들이 아니다.

과거 칠왕의 난을 일으켰을 때도 그는 이러한 냉정함을 발휘했던 적이 있었다.

다행히도 그때 작전을 위해 버려지다시피 했던 전왕은 살아서 돌아왔지만, 백성곡의 마음은 좋지가 않았다.

전왕은 물론 다른 왕들도 웃으면서 미소를 지어 주었으나 그의 마음이 편할 리가 없었다.

그러나 다시 그러한 상황이 온다 해도 그는 이전의 결정을 바꾸지 않을 것이다.

지금 오왕을 내버려 두고 온 것처럼.

"오왕을 믿으세. 나와 손속을 나눠 본 결과, 그는 제아무리 철혈성 지부의 무인들이 덮친다 해도 잡을 수 있는 사람이 아닐세."

그러나 백성곡의 얼굴은 펴질 줄을 몰랐다.

'분명 오왕의 무력은 당대에서 대적할 만한 자가 몇

없다. 아무리 지부의 무인들이 강하다 한들 그를 잡을
수는 없어.'

하지만 변수가 있다.

만약 철혈성에서 그를 잡기 위해 본단의 정예들을
파견할 경우.

그럴 경우에는 아무리 오왕이라도 힘드리라.

특히나 숨어서 적을 격살하는 등천용궁대나 최강의
전진부대라는 묵룡철기병대가 나선다면 오왕이라 한들
어찌 견뎌 내겠는가.

지나친 비약일 수도 있지만, 명완석을 미끼로 던져
줄 정도로 오왕을 잡고 싶어 했던 철혈성주다.

그보다 더한 고수가 올지도 모른다.

또 다른 변수도 존재한다.

'광야종이 달아오를 경우.'

전대 오왕에 비해 현 오왕의 살기는 문제가 될 정도
로 거세다.

만약 광야종을 대성까지 한다면 그 기세 앞에서 굴
복하지 않을 자 세상 어디에 있을 것인가.

그만큼 위험하기 짝이 없는 무공이기에 굴강한 정신
력으로 무장하지 않는다면 익힐 수 없는 절기다.

백성곡이 보기에, 진조월은 분명 놀라우리만치 강인한 정신력의 사내였으나 의외로 허점도 많은 사내였다.

게다가 그가 가진 검.

세상 어떠한 마병(魔兵)보다도 짙은 귀기를 뿌리는 그 검을 자칫 잘못 휘두른다면 광야종이 더욱 거세게 날뛸 것이다.

광야종을 익히지 않은 진조월의 귀검을 휘둘렀을 때야 충분히 멀쩡할 수 있지만, 마수의 무학인 광야종까지 익혔다면 또 다른 문제다.

진짜로 강한 상대와 싸웠을 때, 자신의 모든 힘을 전부 드러내야만 할 때 파검을 사용한다면 그의 체내에 숨죽이고 있었던 광야종이 이빨을 드러내리라.

'부디 무사하길 빌겠네.'

그의 한숨을 이해하는 사람은 적어도 이 자리에 없을 것이다.

그렇게 차갑고 어두운 밤은 넘실대는 강물처럼 조용히, 조용히 흐르고 있었다.

*　　　*　　　*

노인의 모습은 보는 이로 하여금 감탄을 자아내게
하였다.

젊은이의 강인함도, 중년의 넉넉함도 사람들에게 멋
들어진 인상을 줄 수 있지만 지금 이 노인의 신비로움
에는 결코 따라오지 못할 것이다.

마치 신선이 하강한 듯 새하얀 노인이었다.

육 척에 이르는 키, 길고 풍성한 머리카락은 곱게 올
려 단단하게 묶였고 하얀 수염 역시 정돈이 되어 가슴
께까지 내려왔다.

펄럭이는 장포자락이 노인의 수려한 눈빛과 더불어
신비로움을 더했다.

젊은이처럼 붉은 얼굴에 주름이라고는 찾아보기 힘
들었지만 세월의 흔적이 녹아난 얼굴은 기이하다기보
다 넉넉한 안정감을 주었다.

노인은 간단한 찬거리를 앞에 두고 술을 마셨다.

술잔 속, 영롱한 빛깔의 술이 찰랑인다.

노인이 너털웃음을 터트렸다.

"이리 맛난 술처럼 세상이 영롱하기만 하다면야 얼
마나 좋을꼬. 오늘도, 내일도 난세에 다름이 아니니 세
상 살기 참 고약타."

뭔가 어울리지 않는 푸념이었다. 노인은 흘흘 웃으며 술잔을 비웠다.

술상에 술잔을 놓자 어느새 그의 등 뒤로 한 명의 사내가 나타났다.

사내는 어딘지 모르게 독특했다.

중년의 나이, 얼굴에는 표정이라는 것이 없었다.

찬바람이 쌩쌩 부는 인상도 아니었고, 살기가 그득한 인상도 아니었다. 그에게는 사람에게 반드시 있어야 할 감정이 없는 듯했다.

차가움조차 느껴지지 않을 정도의 압도적인 무표정.

사내가 입을 열었다.

"대공자와 이공자가 움직였습니다."

노인의 입가에 자그마한 미소가 달렸다. 참으로 부드러운 미소였다.

"옛날부터 첫째와 둘째는 눈치가 빨랐지."

노인의 미소가 더욱 짙어졌다.

"그래도 놀랍군. 그리 소심하던 아이들이 이렇게 발빠르게 움직일 줄은 생각 못했거늘, 늑대 정도로만 자랐다 생각했건만 이미 산중대왕의 자리를 다투는구나."

"철사자조 총조장과 술자리도 가졌다 합니다."

"황철성이? 히허, 그 사나운 사람을 용케도 꿰찼구면."

"술자리를 끝낸 후 거처로 돌아갈 때까지 표정이 좋지 못했답니다."

유난히 거짓말을 못하는 사람이다.

그 기분이 얼굴에 그대로 묻어 나온 것이리라. 노인은 껄껄 웃었다.

"확실히 그 사람을 잡으면 도움이 되겠지. 그 사람, 다혈질이지만 목표 한 번 정하면 뒤도 안 돌아보는 이가 아닌가."

"처리할까요?"

"놔두어라."

"자칫 잘못하다가는 대계를 행함에 있어 많은 제약이 걸릴 수도 있습니다. 대공자와 이공자는 물론 황철성 역시 만만한 사람이 아닙니다."

"제약이 걸리면 또 어떠한가? 무너질 만한 대계였다면 내 감행하지도 않았을 것이야. 이 정도 고비는 있어 줘야 나름 성취감이라는 게 생기지 않겠는가?"

"대공자와 이공자의 능력을 아시잖습니까?"

노인은 고개를 끄덕였다.

"알지. 아주 잘 알지. 내가 직접 키운 아이들이거늘 녀석들 능력을 어찌 모를까."

"위험합니다."

"이보게 양의(兩義)."

사내가 고개를 숙였다.

"예, 성주님."

"내 그래도 팔십 인생을 살아보니 말일세. 이전에는 울컥울컥 화가 나던 것도 허허 웃으며 넘기게 되고, 틀렸다 생각한 것도 다르다 생각하게 될 여유가 생기더구먼."

노인이 하늘을 바라보았다.

그다지 밝지만은 않은 하늘, 그러나 오히려 이러한 날씨가 마음에 드는지 추운 겨울임에도 노인의 입가에는 미소가 가실 줄을 몰랐다.

"하지만 말일세."

일순 인상 좋던 노인의 눈동자에 서늘한 기운이 맺혔다.

한 겨울의 날씨조차도 어마 추워라, 겁을 먹으며 물러설 정도의 압도적인 냉기.

"늙어 물렁해졌다고는 하나 내 꿈과 목표를 달성키

위해 달려왔던 세월을 버려 낼 정도로 탈속한 사람도 아닐세. 누군가는 말하지. 열심히 달려왔다면 이제 그만 쉬라고. 그것이 부덕한 일이라면, 당연히 멈추어야 한다고. 늘그막에 이게 무슨 짓이냐고도 할 수 있을 것이네."

"……."

"재미있지 않나? 자네는 어떻게 생각하나?"

양의는 대답을 하지 않았다.

노인 역시 그가 대답하지 않을 것임을 짐작한 듯 재차 말했다.

"다 웃기는 소리에 불과해. 이제까지 죽을힘을 다해 달려왔으면, 끝장을 봐야 할 것 아닌가? 멈추기는 왜 멈춘단 말이지? 부덕? 도덕? 그것들은 열심히 달린 사람을 제 입맛대로 가둬 두기 위한 무지몽매한 사탕발림에 다름이 아닐세. 남들의 시선이 무서웠다면 애초에 시작조차 하지 말았어야지. 누군가의 평가와 신랄한 독설과 음습한 비난으로 온몸이 만신창이가 될지라도 나는 멈출 생각이 없네. 멈추지도 않고 포기하지도 않으며 가벼이 보지도 않네."

노인의 차가웠던 눈동자가 다시 봄날의 새싹처럼 훈

훈한 기운을 품었다.

거짓말 같은 변화였다.

"하나, 그렇다고 너무 쉽게 목표를 달성하는 것도 맥 빠지는 일 아니겠나. 첫째와 둘째를 놔두는 것은 그러한 이유라네. 뛰어난 아이들이지만 녀석들이 날뛰어서 문제가 생길 대계였다면 차라리 무너지는 것이 낫겠지."

"성주님."

"이보게 양의."

"예."

"두 아이를 놔두는 이유는 또 하나 있네."

"그것이 무엇이옵니까?"

"그 아이들이 심하게 날뛰어서 천하가 나를 멸시하고 검을 겨눈다 하면, 나는 내 꿈을 달성하지 못할까?"

"……."

노인의 입가에 재차 미소가 드리워진다.

"그 정도 역경 정도는 이겨 내 줘야, 나는 내 꿈 앞에서 당당해질 수 있을 것 같네. 자네도 알다시피 내가 꾼 꿈이 어디 보통 꿈이던가? 세상 누구도 도달할 수 없는 신세계의 건너편에 서려는 사람이 날세. 그러한 꿈 앞에서, 그 땅을 디뎠을 때 나는 스스로에게 그리고 신세계 앞에서 당당해지려 하네."

양의의 얼굴은 여전히 미동조차 없었다.

그러나 노인은 알고 있었다.

표정도 분위기도 똑같았지만 양의는 분명 체념하고 있다는 것을.

"부디 대계를 이루시길 바랄 뿐입니다."

"고맙네. 자네가 아니었다면 훨씬 힘들었을 길이었네. 그랬다면 첫째와 둘째의 깜찍한 짓거리들도 사전에 폐쇄시켜 버렸겠지."

그때였다.

한 줄기 음험한 전음이 양의의 귀로 스며들었다.

표정에 미동이 없는 양의의 눈썹이 살짝 꿈틀거렸다.

"성주님, 말씀 드릴 것이 있습니다."

"들었네."

신에 이른 무력.

공기의 떨림과 유순한 기의 전이로 인해 상대에게 입을 벌리지 않고 음성을 전달하는 전음(轉音)의 술수는 일류라 평가 받는 무인들이라면 대다수 어렵지 않게 사용할 수 있는 기술이었다.

하나 전음을 보냈다는 것을 알아챌 수는 있어도 어떤 내용의 전음인지 듣기란 거의 불가능에 가깝다.

노인은 가능했다.

그 무신(武神)의 역량은 불가능도 가능으로 바꾸어 버리는 힘이 있었다.

이른바 전음도청(轉音盜聽)이었다.

"마침내 물고기들이 미끼를 물었구먼. 백 가 그놈이라면 분명 이 기회를 틈타 북진할 거라 생각했지. 사신의 신물도 찾고, 귀찮은 떨거지들도 잡고. 이거야말로 일거양득이 아닌가."

"어떻게 할까요?"

"턱밑으로 파고들 때까지 지켜보도록. 모르고 당하는 기습이 무서운 것이지, 다 알고 있는 기습은 이미 기습이 아닐세."

노인이 희미하게 웃었다.

"날씨 한 번 좋구먼."

*   *   *

너무도 어두운 주변은 내공의 경지가 화경을 넘어선

진조월로서도 제대로 파악하기 힘들 정도였다.

그는 이내 자신이 아무것도 입고 있지 않다는 걸 깨달았다.

기묘한 감각이었다.

어둠에 감싸 있지만 포근했고, 동시에 불쾌하기도 하였다.

어서 빨리 이 어둠을 걷어 내고 나아가고 싶었지만 또한 영원한 어둠에 몸을 맡긴 채 눈을 감은 채 쉬고 싶었다.

자신조차도 명확하게 관조하지 못하는 상태에서 진조월은 누군가가 말을 걸고 있음을 깨달았다.

"……드나?"

"누구냐?"

"이제 정신이 드나?"

몽롱하고 고요했던 목소리는, 정신을 집중하자 상당히 명확해지기에 이르렀다.

진조월은 등골을 훑어 내리는 섬뜩함에 온몸에 털이 곤두서는 걸 느꼈다. 그저 목소리를 듣는 것만으로도 식은땀이 날 정도로, 이 목소리에서 느껴지는 사악함은 지독했다.

그 역시 마신(魔神)의 무공이라는 군림마황무를 익혔지만, 이 목소리의 주인공은 아예 존재 자체가 다른 뭔가가 있었다. 깊고 음습하고 끈적하다.

자신의 몸조차 제대로 보이지 않는 어두운 공간에서 울려 퍼지는 목소리. 그의 정신력이 조금만 낮았어도 그 자리에서 졸도했을 것이다.

"상당히 잠을 오래 자는군."

"넌 누구냐."

낯선 목소리. 낯선 존재감. 낯선 광경까지.

절대로 익숙해지지 않는 모든 것들의 합 속에서 진조월은 스스로가 비할 데 없이 초라해지는 것을 느꼈다.

어둠 속에서 목소리가 다시 들려왔다.

비웃음을 머금은 목소리였다.

"너는 이미 알고 있다. 애써 부정하지 말고 똑바로 바라보아라."

순간 진조월은 깨달았다.

깨달은 것이 아니라 애써 잊었던 것을 알았다고 보는 게 옳을 것이다.

"……나로군."

스스로도 깊이를 모를 정도로 짙어져 버린 분노와
슬픔, 살의와 공포, 그리고 끝없이 달려 나가 이젠 보
이지 않을 만큼 뻗어진 한(恨).

목소리의 정체는 자신이 가진 음습한 광기의 총합이
었다.

더할 나위 없이 사악한 광기.

그렇지 않아도 깊은 광기는 군림마황무로 완성이 되
었고 광야종의 탄력을 이어받아 완벽의 영역을 깨트린
채 재차 증식하고 있었다.

지금 이 순간에도 빛의 속도로 증폭되어지는 광기는
아득하기만 하다.

스스로의 이면임을 알고 나서일까.

진조월은 왠지 모르게 무기력하게 만드는 공포 속에
서 다소 자유로워질 수 있었다.

"여긴 어디지?"

"그 또한 넌 알고 있다. 너는 모든 걸 다 알고 있지.
질문은 무의미해."

그렇다. 전부 알고 있었다.

그저 확인을 하고 싶었을 따름이었다.

누구보다도 사악하다는 걸 알고 있었지만, 눈을 뜨

고 마주할 수 있었지만, 그래도 애써 외면했었던 광기의 본질을 그는 알고 있었다.

진조월은 나가고 싶었다.

이 어둠뿐인 황량한 곳에서 나가고 싶었다. 현실로 돌아가고 싶었다. 하지만 그것이 그저 마음만 먹는다고 다 되는 것이 아님을 또한 알고 있었기에 입을 열지 않았다.

"나가고 싶나?"

"그래."

"나갈 수 없다."

"알아."

"하지만 방법이 없는 건 아니야."

"방법이 뭐지?"

언제부터인가? 진조월의 눈앞에 거대한 뭔가가 나타나 있었다.

늑대인지 호랑이인지 사자인지, 아니면 용인지 이무기인지 모를 괴물. 세상에서 사납다고 알려진 모든 맹수들과 신화 속에서 위엄을 품은 모든 신수(神獸)들이 제멋대로 합쳐진 듯한 괴물이었다. 어둠뿐이었지만 이상하게도 괴물은 잘 보였다.

어디가 발이고 이디가 날개인지조차 모르는, 무서운 어떠한 것들이 덕지덕지 붙어 버린 것 같은 괴물은 미소를 지었다. 그러한 표정이 미소라면, 분명 괴물은 웃고 있었다.

시린 미소 앞에 강철보다도 단단한 송곳니가 보인다.

"날 받아들여라."

"......!"

"날 받아들인다면 평생 이곳에 빠져 허우적대는 머저리 짓은 하지 않아도 될 거다."

이미 자신의 일부이면서 왜 받아들이라고 하는지 진조월은 알 수 없었다.

그러나 고개를 한 번 갸웃하는 그 순간 그는 재차 알 수 있었다.

그는 자신의 광기가 있음을 알았고 이해했지만 그것을 무의식적으로 배제해 버린 것이다.

광기에 휘둘릴 것 같은 공포심.

내가, 내가 아니게 될 것 같은 불안감.

누구도 이해하지 못할 크나큰 분노를 발산하고 있다 생각했지만, 그것이 전부는 아니었다.

진조월은 고개를 저었다.

"싫다."

"부정하고 싶은가?"

"부정하진 않는다. 그러나 넌, 그저 너로서 남아라. 너까지 품에 안고 나아가기에는 아직 내 역량이 모자란다."

"궤변이자 변명이다. 나는 이미 태어날 때부터 너의 일부였어. 내가 곧 너이자 네가 곧 나다. 광기를 배제하고 분노를 배제하고 슬픔을 배제한 채로 살아갈 수 있는 존재가 세상천지 어디에 있단 말이냐? 그래서 지금의 넌 반쪽짜리에 불과한 것이다."

가슴을 파고드는 말이다.

그리고 이미 알고 있는 말이다.

그러나 이해와 감정이 항상 같은 노선으로 나아가는 것은 아니다. 진조월은 거부했다.

"그래도 싫다."

"스스로를 부정하는 것인가?"

"부정하지 않는다."

"모순투성이로군."

"모순이래도 좋다. 거짓이라도 좋아. 하지만 당장 내가 싫다. 네 말대로라면, 내가 싫어하니 너 또한 싫어야 정상 아닌가?"

이번에는 괴물이 한 방 먹었다. 괴물이 웃었다.

"과연 너로군. 과연 나다."

괴물이 몸을 돌렸다.

"마음에 들어. 지금은 이대로 보내 주지. 하지만 우리의 만남이 이것으로 끝난다 생각지는 마라. 근시일 내에 우리는, 나와 나는 다시 만나게 될 거다."

진조월은 슬픈 눈으로 사라져 가는 괴물을 바라보았다.

사람이 어찌 마음대로 자기의 감정을 버리고 수거할 수 있겠는가. 신이 아닌 이상 불가능하다. 다스릴 수는 있을지언정 물건처럼 이리저리 만질 수 있는 것이 아니다.

저 괴물은 자신이었고, 자신은 곧 괴물이다. 절대마공력이라 불리는 군림마황진기와 강호 역사를 통틀어도 유래를 찾아보기 힘든 최악의 살공(殺功), 광야종이 합쳐져 악마공(惡魔功)으로 변해 버린 그의 무학은, 감정을 형체로 만들어 내면에서 살려 내기까지 했다.

그는 씁쓸한 미소를 지었다.

그 누구에게도 보여 주지 못한 자조였다. 진조월이

고개를 들고 눈을 감았다.

그렇게 그는 마음속 가득한 어둠에서 빠져나왔다.

*   *   *

귀랑요권 도성광은 찰나지간 자신의 눈이 잘못되었다고 판단했다. 아무래도 업무에 치여 먹는 것도 부실했고, 무공수련에 힘을 썼지만 지쳐서 쓰러지길 반복하지 않았던가.

아무리 무공을 익혔다지만 젊은 나이가 아니었으니 건강에 신경을 쓸 때도 되었다고 생각했다.

이번 작전이 끝나면 지부로 돌아가서 한 나흘은 푹 쉴 생각이었다. 문제는 자신의 잘못 된 눈이 포착한 광경은 현실이었고, 나흘 뒤가 아니라 당장의 생사가 문제로 부각되었다는 것이다.

수십 그루의 나무들이 무시무시한 속도로 박살 나고 무너졌다. 보이지 않는 거인이 발걸음을 옮기는 것 같았다.

거인의 발 아래, 수십 년을 살아온 나무들은 무참하게 생을 마감하고 있었다.

하지만 저 초절한 광경을 만들어 낸 자는 거인이 아니었다.

온몸에 붉은 화염을 발산하며 질주하는 한 명의 괴인이었다.

등 뒤로 검붉은 괴물의 잔영을 만들며 무서운 속도로 질주하는 괴인.

시커먼 장포는 여기저기 찢겨져 볼품이 없었고 하다못해 허리춤에 건 한 자루의 검 역시 어디서나 구할 수 있을 법한 철검이었다. 세상에 널리고 널린 낭인무사가 어디 전장에서 상처를 입은 듯한 모습.

하지만 그의 눈과 기세는 절대로 평범하지 않았다.

틀어 묶은 머리카락은 사자의 갈기처럼 사방으로 휘날렸고 본시 날카롭게 빛났어야 할 눈동자는 흰자위까지 전부 붉게 변모하여 사악함의 극치를 달렸다.

야수의 발톱처럼 날이 선 손톱은 마왕의 손이었고, 온몸에서 휘몰아치는 붉은 폭풍은 지옥에서나 볼 법한 겁화였다.

눈을 한 번 깜빡일 때마다 괴인의 신형은 무섭도록 가까워지고 있었다.

가까워진 만큼, 그가 지나온 길은 초토화가 되어

갔다.

도성광은 자신도 모르게 주먹을 내질렀다. 자신의 의지가 아닌, 공포로 인한 자기방어였다.

그것은 부지부장 강산홍 역시 마찬가지인 듯 그는 명부마도라는 별호에 걸맞지 않게 주먹을 내질렀다. 칼을 뽑을 생각도 못하고 있는 것이다.

강호에서도 고수 소리를 듣는 두 사람의 공격.

그러나 괴인의 폭풍과도 같은 질주 앞에서는 아무런 소용이 없는 날갯짓에 불과했다.

콰드득! 콰드득!

"크아아!"

끔찍한 비명성과 함께 도성광의 신형이 십여 장 이상 날아가 바위에 부딪쳤다.

양팔이 뒤틀리고 가슴이 함몰되었으며 고개가 반쯤 꺾인 것으로 보아 즉사했음을 알 수 있었다.

강산홍이라고 크게 다를 건 없었다.

사지가 모조리 부서지고 두 눈이 터져 나가 꿈틀댔는데, 죽지는 않았지만 차라리 죽는 게 나았을 치명적인 부상이었다. 살아도 산 것이 아니리라.

무차별 질주로 인해 피해를 입은 사상자의 숫자는

헤아리기도 힘들 지경이었다.

괴인의 질주는 멈출 기미가 보이지 않았다.

그저 앞을 가로막는 모든 것을 깨부수고 짓이기며 질주하고 있었다.

진조월이라는 이성을 가지고 있었을 때의 본능, 북방을 뚫어야 한다는 의지가 광기의 신과 만나 무조건적인 전진만을 강요받았다.

그리고 그런 그를 향해, 어느 순간 세 가닥의 은밀한 기운이 모여들었다.

은밀함에 비해서 모여드는 속도는 가히 화살과도 같았다.

보이지 않는 화살, 투명한 비수.

철혈성주가 직접 키운 호위대이자 살수들로써 아는 사람들은 그들 세 명을 삼사라 칭했다.

철혈성주의 위엄에 방해가 되는 정적들을 암중으로 해치워 버린 사신들이 진조월을 잡기 위해 마침내 나타난 것이다.

셋은 아무런 대화도, 눈빛의 교환도 없이 마치 짠 것처럼 동시에 비수를 날렸다.

그들의 움직임보다도 은밀하고 빠른 비도(飛刀)

였다.

세 개의 비도가 정확하게 진조월의 머리와 심장, 척추를 향해 날아든다.

그때 삼사들은 믿을 수 없는 광경을 목격하고야 말았다.

붉은 폭풍을 발산하며 질주하는 진조월.

그의 몸 주위에 광휘처럼 둘러싼 붉은 기운에 의해 비수들이 모조리 부서져 버린 것이다.

몸에 닿기는커녕 그의 영역 안에 들어서자 모래처럼 부서지는 비수들의 모습은 애처로울 정도였다.

여타 다른 칠왕종에는 각기의 신공과 무공이 존재하지만, 광야종은 오직 하나의 무공으로 이루어져 있었다.

이른바 광야법공(狂夜法功)이라 하여 그 안에는 내공심법은 물론 그에 걸맞은 몸놀림, 즉, 한 가지의 투술(鬪術)이 전부였다.

진기를 모으고 손과 발을 내치는 동작들이 전부였다.

병기를 쥘 것도 없이 그것만으로도 충분히 강하고 끔찍했기에 가장 간단하면서도 가장 난해하고 가장 조심해야 할 무학인 것이다.

그러한 광야법공이 군림마황무로 단단해진 광기에 파고들어 진조월 스스로도 알 수 없는 괴이쩍은 진기 운용으로 대체되었다.

극한의 빠름.

비할 데 없는 파괴력.

영역 전체를 장악하는 살기.

그 앞에서 삼사의 비도술은 그저 어린애 장난거리에 불과했다. 의식하지 않아도 몸에서 절로 이는 호신강기(護身罡氣)는 철판도 우습게 뚫어 버리는 삼사들의 비도들을 가볍게 분쇄시켜 버릴 위력이 있었다.

진조월의 고개가 뒤로 휙 돌아갔다.

붉게 변모한 눈동자.

넘실거리는 화염인 듯, 전장에서 강물처럼 흐르는 핏물인 듯, 도무지 분간하기가 어려운 붉은 눈빛에서 맴도는 것은 설령 무신이라 불리는 철혈성주조차 내보일 수 없는 극한의 살의였다.

삼사들의 행동이 굳어졌다.

엄청나게 거센 살기의 폭풍에 몸이 굳어진 것이다.

그들이 일군 무학의 경지와 무공의 성격을 생각한다면 말도 안 되는 일이다.

철혈성주 정도가 아니라면 그들이 눈빛 한 번에 몸을 움직일 수 없는 일은 절대로 없을 것이다.

"크아아!"

순간 안탕산 전체가 지진이라도 난 듯 거세게 울렸다.

사람이라 불리기에 다소 무리가 있는 괴물의 포효, 그 한 번의 괴성이 소리가 닿는 영역 안에 모든 생물체의 무릎을 꿇리고 있었다.

사람의 음성이 아니었다. 알 수 없는 괴물의 음성이었다.

진조월의 손이 허공을 할퀴었다.

그저 한 번의 할큄이었지만, 그것이 너무나도 빨라서 잔상조차 보이지 않았다.

그리고 세 명의 살수들, 은영사검조차도 승부를 점치기 어려운 세 명의 고수들이 그대로 몇 조각으로 찢겨져 피보라를 뿜었다.

군림마황진기 위로 광야법공의 광기 어린 진기가 이어지며 위력을 극대화시킨 참룡금조수는 허공을 이십여 장이나 격하고 살상이 가능한 수준으로 개화하였다.

하물며 죽은 상대들은 강호에서도 손가락 안에 꼽힐

만한 실력을 가진 극한의 살수들이 아니던가.

진조월은 재차 달렸다.

여전히 빠르고, 강인한 질주였다.

붉은 바람이 대지를 밟아 가며 나아가면 그 족적이
새겨져야 할 땅에는 무수한 숫자의 실금들이 사방으로
전파되기에 이르렀다.

금방에라도 땅이 무너지고 그곳에서 지옥의 악귀들
이 기어 올라올 것만 같았다.

사인마도 고산과의 마지막 한 수를 나눈 이후 불과
일각의 시간이 지난 지금, 그의 손에 재차 죽은 무인들
의 숫자는 헤아리기 어려운 수준이었다.

그렇게 무차별 전진을 계속하던 진조월의 앞에.

하늘조차 덮을 만한 거대한 그물이 내려왔다.

눈에 보이지 않는 그물, 굳이 색깔을 말하자면 은은
한 황금빛이지만, 그것은 기분일 뿐, 누구도 볼 수 없
는 괴이한 그물이 진조월의 몸을 덮기 위해 하강하였
다.

진조월은 멈칫했다.

짐승보다도 더 예민해진 그의 감각은 이 심상치 않
은 그물을 느끼며 나직이 으르렁거렸다.

마공이학에 광기마저 더해진 그의 사악함과는 완전히 상이한 기운, 그것도 거의 상극이라 할 만한 불법의 공부가 자신을 옭아매려 하고 있었다.

"진 공자!"

양손을 활짝 펴고 앞으로 내민 한 명의 여인.

문아령이 급박한 얼굴로 양손을 벌리고 있었다.

아무것도 없는 허공에서, 그녀의 손에서 흘러나온 수십, 수백 개의 투명한 실선이 황금빛 기를 타고 그물처럼 확산되어 진조월의 몸을 옭아맨 것이다.

아무리 그녀의 무공이 그 나이 대에서도 짝을 찾기 어려운 수준이라지만 진조월의 절대적인 힘 앞에서는 어린애 장난과도 같을 터.

그럼에도 불구하고 그녀가 만든 기망(氣網)에 진조월의 질주가 멈춘 까닭은 마공이학과 상극을 이루며 마기만을 전문적으로 파훼하고 제동시킨다는 불가(佛家)의 무학, 수미대법공(須彌大法功)의 공능이기도 했지만 결정적으로 그녀의 소매 속에서 뻗어 나온 연화불사(蓮花佛絲) 덕분이었다.

남해보타암 삼대기물(三大奇物) 중 하나이며, 아무리 지독한 마기라도 샅샅이 분쇄해 버린다는 파사현정

(破邪顯正)의 보물.

그러나 그것만으로는 한계가 있었다.

아무리 연화불사와 수미대법공이라지만 애초에 무공의 경지에서 차이가 지나치게 컸고 마기가 짙었다.

문아령의 얼굴이 순식간에 식은땀으로 젖었다.

그런 그녀를 도와주는 조력자가 한 명 있었다.

어느새 진조월의 등 뒤에 나타난 신의건이 기합성을 내지르며 양손을 질렀다.

그의 두 손에서 뿜어지는 황금색 광채는 문아령의 그것보다 훨씬 짙고 강렬했다.

타다닥.

진조월이 거센 울음을 터트리며 엎드렸다.

그의 몸에서 불길처럼 일어났던 호신강기가 신의건의 힘에 의해서 흩어지고 있었다.

이성을 상실하고 본능에 몸을 맡긴 진조월로서는, 멀쩡한 상황에서 꿈도 꿀 수 없는 마기를 풍기고 있는 중이었다.

그럼에도 신의건의 압력에 제압이 된 것은 말 그대로 이성을 상실했기 때문이다.

무조건 돌진만을 강요하는 마기의 확산. 평소의 그

였다면 가장 효과적인 방법으로 신의건의 공격을 돌파하고 역공을 가했을 터.

힘은 강해졌어도 아주 약간의 응용조차 할 수 없는 상황이었기에 그가 이토록 무력해진 것이다.

하지만 그의 마기만큼은 더할 나위 없이 짙었다.

비문성수의 무학을 열에 여덟을 전수받았다고 전해진 신의건조차 그저 묶어 두는 것이 전부일 정도로 진조월의 마기는 지나치게 거셌다.

온몸에 핏줄이 선 신의건이 초인적인 인내심을 발휘하여 소리쳤다.

"진 형! 정신을 차리시오! 한낱 마기 따위한테 먹히면 안 되오!"

아무리 남안탕산 쪽으로 방향을 틀었다고 하더라도 두 사람과 진조월이 중간에서 만날 수 있는 확률은 극히 적었다.

그것을 가능하게 했던 것이 바로 진조월의 초월적인 마기였다.

마기가 너무 거세서 오히려 어지간한 무인들도 느끼지 못하고 졸도했을 터였지만, 불문의 무학 정수를 전수 받은 두 사람은 정확하게 그 마기의 위치를 직감한 것이다.

신의건의 음성에는 광대한 힘이 깃들어 있었다.

마기를 몰아내고 바름을 세우는, 파사현정의 힘이 담긴 사자후와 다름이 없었다.

그 강인한 외침에 진조월의 눈동자가 흔들렸다.

귀기 어린 붉은 눈빛이 흐려졌다.

잠식당했던 이성이 추악한 광기와 싸우고 있는 것이다.

신의건과 문아령은 동시에 눈을 감고 입을 달싹였다.

수미대법공의 진기를 가득 실은, 대반야바라밀다경을 축소한 반야심경(般若心經)의 주문이었다.

그 영향 때문이었을까.

진조월의 눈에 가득했던 시뻘건 마기가 점점 줄어들고 있었다. 거칠게 발버둥 치던 그의 사지도 잠잠해졌다.

불문의 공부 덕분이기도 하지만, 마침 그가 심중에 숨어 들어간 광기의 화신과 대화를 마친 순간이기도 했다. 신의건과 문아령에게는 천운이었다. 만약 그러지 않았다면 억눌렀던 마기가 금세 다시 폭발했을 테니까.

괴물이 되었던 것도 순간이었지만 멀쩡한 정신으로 돌아오는 것도 순간이었다.

시뻘건 그의 눈빛이 이내 정상으로 돌아왔고 동공만이 시퍼런 빛을 내뿜었다.

광야법공이 체내에 잠들고 군림마황진기가 다시 전면으로 들어선 것이다.

'여기가 어디지?'

의문이 드는 순간 짐승이 되었던 때의 기억이 홍수처럼 밀려들었다. 일각도 되지 않았던 시간이었지만, 막았던 둑이 터진 것처럼 거세게 밀려드는 기억 아래 그는 두통을 느꼈다.

'그랬군.'

자신의 손에 등천용궁대나 여설옥, 제영정이 죽지 않아서 천만다행이었다.

자칫 잘못했으면 평생 후회했으리라. 광야종의 지독함에 등에 식은땀이 났다.

우우웅.

신의건과 문아령은 반야심경을 외우다가 이내 놀라운 경험을 하게 되었다. 두 사람의 몸이 허공으로 부드럽게 떠오르더니 이내 나란히 앞쪽으로 내려선 것이다.

화경에 달한 고수만이 행할 수 있다는 진기운용의 극한, 허공섭물이었다.

이곳에서 이런 신위를 보일 만한 사람은 단 한 사람뿐이다.

신의건의 표정이 밝아졌다.

"진 형! 정신을 차린 것이오?"

진조월이 가볍게 한숨을 내쉬었다.

"괜한 폐를 끼쳤소."

상당히 위험했다. 신의건과 문아령의 불법 공부로 몸이 억압되긴 했지만, 반발할수록 더 강해지는 것이 마기의 본질이다.

진조월 정도의 마기를 완벽하게 소멸시키지 못할 실력이었다면 약간은 막을 수 있어도, 시간이 더 지났다면 결국 두 사람 역시 마기에 엄습당해 치명적인 내상을 입었을 터다.

빠르게 제정신을 차린 것이 다행이었다.

진조월은 자신의 몸을 점검했다. 놀랍게도 그토록 치명적인 부상을 입었던 몸이 많이 회복된 상태였다.

거의 육체의 붕괴 직전까지 갔던 전투를 생각하자면 말도 안 되는 회복력이었다.

역천(逆天).

최종적으로 자연의 이치를 거스르는 불사(不死)를 지향하는 마공에, 치상결이 그 어떤 무학보다도 뛰어난 광야종의 합작이 만들어 낸 결과물이었다.

회복력이라는 단어를 쓰는 것 자체가 모욕일 정도의 이적(異蹟)이었다.

진조월은 가만히 이를 악물었다.

만약 그 앞을 가로막은 사람들이 자신과 친분이 있었던 이들이라면?

광야종이 얼마나 무서운 무공인지, 자신의 정신력이 얼마나 부족한지 여실히 깨닫게 되었다.

더 강해져야 했다. 육체가 아닌 정신이 강해져야만 했다.

신의건이 이마에 흐르는 땀을 닦았다.

"힘도 좋으시오. 막느라고 죽는 줄 알았소."

단순히 힘의 문제는 아니었다. 이런 식으로 이야기를 해 주는 것 자체가 진조월을 배려하는 신의건의 마음이었다.

"미안하오."

문아령은 깜짝 놀랐다.

생각보다 여리고 나쁜 사람이 아니라고 생각했지만 미안하다거나 죄송하다는 소리도 입 밖으로 낼 사람이 아니라 생각했거늘, 진조월도 사람은 사람인 모양이다.

신의건 역시 놀라기는 마찬가지였지만 호탕한 웃음으로 놀라움을 대신했다.

"이거 진 형에게 미안하단 소리도 듣고, 내가 그래도 복이 있는 사람인가 보오."

진조월 같은 사람에게 미안하다는 말을 듣는 것이 얼마나 어려운 일인지를 생각한다면 그의 너스레가 이해가 간다.

하지만 문아령은 가볍게 핀잔을 주었고, 신의건은 괜히 머쓱해서 머리를 긁적였다.

불과 조금 전까지만 해도 그처럼 심각한 상황에 처했었는데, 참으로 대단한 사람들이다.

진조월은 더 이상 미안하다거나 고맙다는 소리를 하지 않았다.

다른 누구에게 신세를 졌다면 자존심이라도 상했겠지만 신의건과 문아령의 저 정대한 마음씨 앞에서는 감히 그런 생각을 품는 것조차도 무례가 될 것 같았다.

신의건이 문득 안색을 굳히며 물었다.

"몸은 괜찮으시오?"

"괜찮소."

"몸에서 나는 혈향이 짙소. 필시 고달픈 싸움이었을 터인데."

진조월의 안색도 굳어졌다.

그는 등 뒤를 바라보다가 가볍게 한숨을 쉬었다.

어차피 북방을 뚫어 가면서 어지간한 철혈성의 무인 들은 죄다 박살을 내놨다. 더불어 가장 고수라는 삼마 와 삼사, 삼종까지 박살 냈으니 등천용궁대나 제영정, 여설옥에게 위협을 가할 수 있는 자들도 없을 터.

'이대로 헤어져야겠군.'

전우애가 최고의 우정이라고 평가를 받는 이유는 간 단하다.

사선을 넘어가면서 쌓은 정은, 그 위험도만큼이나 깊어지기 때문이리라.

예전에도 그랬지만 진조월은 두 사제의 안위가 걱정 스러웠다.

하지만 그들도 강호에 나온 이상 마냥 안전하게만 살 수는 없을 터.

등천용궁대라는 든든한 울타리가 있으니 최악의 상

황까지는 아니더라도 제법 거친 경험이라는 걸 겪어

볼 기회는 왔을 것이다.

차라리 여기서 헤어지는 게 여러모로 좋을 일이라는

생각이 들었다.

나중에 만나게 되었을 때, 사제들은 한층 성숙해질

것이다.

진조월은 재차 몸을 돌렸다.

"싸움은 끝났소. 한데 여기는 어쩐 일로?"

자신의 돌진을 막아 준 건 참으로 고마운 일이지만,

왜 신의건과 문아령이 이곳에 있는지가 궁금했다.

신의건은 그간의 사정을 말해 주었고 진조월의 눈동

자는 점점 시리게 빛났다.

"틈을 파고든다……."

괜찮은 전술이라는 생각이 들었다.

아니, 칠왕이 파고들기에는 가장 적합한 시기였다.

이상적이라는 생각이 들 정도로.

그래서 진조월은 불안했다.

이 불안감이 어디서 기인한 것인지 그는 너무나도

잘 알고 있었다.

'철혈성주.'

뱃속에 능구렁이만 들어섰다면 안심이라도 할 텐데, 그는 능구렁이 따위가 아니라 이무기를 숨긴 자다.

어린 시절 대부분을 그의 밑에서 지냈으며 그의 독심과 야심, 머리회전이 얼마나 대단한지 잘 알고 있었기에 불안했다.

자신을 잡기 위해서 명완석을 버리는 패로 쓰는 것?

솔직히 찝찝했지만 아주 이해를 못할 바는 아니었다.

그가 아직도 사신(四神)의 보물, 아니, 신물(神物)이라 표현해야 맞을 정도로 대단한 그것들을 포기하지 않았다면 이해할 수 있었다.

더군다나 삼마나 삼종, 삼사에 등천용궁대까지 파견시켰다면 그 의지의 확고함이 얼마나 대단한지 알 수 있다.

그나마도 운이 따라 주었기에 다행이지, 용궁대주 정이량이 이리도 호의적으로 나와 주지 않았다면 예전에 목숨을 잃었을 것이다.

혈영검단이나 묵염철기대만 해도 이미 무시무시한 전력이었지 않나.

전쟁터 한가운데가 아닌 다소의 여유를 발할 수 있는 시간이 되자 진조월의 머리가 맹렬하게 회전하기 시작했다.

'이렇게 허점을 만드는 인간이 아니야. 사신의 신물이 필요하지 않을 정도로 목적에 거의 근접한 사람이 이만큼 날 잡을 이유가 있나? 게다가 허점이 나왔을 때는 유도하기 위함이지 결코…….'

순간 진조월의 눈에 번갯불이 튀었다.

철혈성주 입장에서 가장 까다로운 상대가 누구인가?

바로 칠왕들이다.

까다로운 걸 떠나서 원한의 대상이다.

칠왕의 난이 일어나지 않았다면 벌써 철혈성주는 꿈을 달성했을 터.

게다가 그는 원한을 제쳐 두고 앞날을 향해 달려갈 지언정, 원한 자체를 잃을 정도로 대인배는 아니었다.

철혈성주 입장에서는 무슨 수를 써서라도 죽이고 싶은 이들이 칠왕들이다.

'함정?!'

확신할 수는 없다. 하지만 아니라고 할 수도 없다. 그가 얼마나 치밀한 사람인지 알기 때문이다.

백성곡이나 당무환, 단기중 등이 서슴없이 진격한 것은 그들이 섣부르게 판단한 것이 아니라 진조월이

철혈성주의 치밀함을 한 번 경험해 본 이유 때문일 것
이다.

　진조월의 표정을 살피던 신의건이 물었다.

　"뭔가 잘못된 것이오?"

　"정확하게 판단할 수 없소. 하지만 내 생각이 혹시
라도 맞다면 그들이 위험하오."

　신의건과 문아령의 표정이 굳어졌다.

　비록 진조월과 깊은 대화를 많이 나눠 본 사이는 아
니라지만 그가 허언을 하지 않을 성격이라는 것 정도
는 안다.

　"같이 가십시다."

　진조월 특유의 차가운 눈동자가 신의건을 향했다.

　신의건의 표정은 급박했지만 두 눈만은 밝게 빛나고
있었다.

　굳이 대화를 하지 않아도 어떤 사람인지를 안다.

　그저 객잔에서 한 번, 여기서 한 번 얼굴을 본 것이
전부였지만 능히 사귀어 둘 만한 사람이라는 생각이
든 남자.

　진조월은 가볍게 고개를 끄덕였다. 더 이상의 대화
는 무의미했다.

"사매. 사매는 본가로 돌아가도록 해."

문아령이 피식 웃었다.

"나중에 욕하려고 그러죠? 그거 듣기 싫어서라도 같이 가야겠는데요?"

사형과 사매간의 우애가 느껴졌다.

진조월은 이런 급박함 속에서도 가슴속을 치는 어떠한 감정을 느꼈다. 스스로는 부정하지만 그것은 '부러움' 이라는 감정이었다.

능력의 고하를 떠나서 왠지 이들과 같이 하고 싶다는 묘한 감정.

그는 고개를 저으며 괜한 생각을 접었다.

지금은 그것이 중요한 게 아니었다.

"갑시다."

피가 강처럼 흐르고 살점이 비수처럼 날아다니던 육체의 전쟁이 끝난 지금, 바야흐로 본격적인 책략의 전쟁이 시작되려 하고 있었다.

5.

음모발동(陰謀發動) (2)

양의가 안개처럼 나타났다.

아무리 급해도, 무슨 사단이 나더라도 표정에 잔떨림 하나 없는 사람이 그였다.

과연 지금도 그러했지만 어딘지 모르게 그는 제법 급해 보였다.

"성주님."

철혈성주는 여전히 술잔을 기울이고 있었다. 고아한 모습과 신선 같은 분위기는 도통 훼손될 것 같지가 않았다.

"무슨 일이신가?"

"낚시대가 흔들리고 있습니다."

철혈성주의 입가에 미소가 드리워졌다.

나이, 직위고하를 떠나서 참으로 온화하고 멋들어진 미소였다.

"제대로 물었나 보구먼. 상당히 빨라."

"생각보다 너무 빨라서 미끼가 제 역할을 못할 정도입니다. 아직 준비 단계입니다."

"과연 백성곡. 송곳니만 날카롭게 벼려 놓은 줄 알았더니 발톱도 갈아 놨구먼. 새삼스레 느끼지만 역시나 방심하지 못할 자야."

"이대로라면 그들을 잡지 못할 수도 있습니다."

"그래. 그러면 안 되지."

약간의 고심을 하던 철혈성주. 그러나 양의는 그의 표정을 보며 이미 그가 어떤 대책을 마련했다는 걸 깨달았다. 아무런 방도도 없었다면 이렇게 유순한 반응이 나올 리가 없을 테니까.

과연 철혈성주의 입가에 자그마한 미소가 걸렸다.

"귀문(鬼門)에 몇이나 있나?"

양의의 표정은 여전히 변함이 없었다.

그러나 그는 속으로 상당히 놀라고 있었다.

귀문이라 하면 철혈성 지하에 만들어진 지하 감옥으로 천하에 온갖 악인들이 우글대고 있는 수용소였다.

강렬한 무위도 무위지만 한 명, 한 명의 독기와 집요함이 남다른 이들.

"이백에서 삼백 사이 정도 될 겁니다."

"다 보내지."

누가 들었다면 미쳤다고 할 만한 소리였다.

아무리 고수라도 단 세 명에게 그토록 많은 수의 무인들을 급파한다니. 더군다나 그들 모두가 강호에서 한 가락 하던 실력자들 아니던가.

"전부 말씀이십니까?"

"그 멍청이들 실력으로 살아남긴 어렵겠지만 적어도 시간벌이 정도는 해 줄 수 있을 것이네."

아니라고 말할 수 없었다.

아니, 누구보다도 그들의 힘을 아는 양의는 오히려 부족하다고 생각했다.

귀문에 우글거리는 놈들의 힘이라면 어지간한 문파따위도 상대가 되지 않겠지만, 백성곡을 비롯한 왕들은 철혈성 전력의 삼 할을 날려 먹은 이들이다.

아무리 셋밖에 안 왔다고 하지만 귀문의 마인들만으

로 막기에는 한참이나 무리다.

양의의 마음을 알고 있다는 듯 철혈성주의 말이 이어졌다.

"거기에."

그가 손가락 하나로 하늘을 가리켰다.

"하릴없이 돌멩이만 가지고 노는 국수(國手)들 셋만 더 보내게."

양의는 깜짝 놀랐다.

철혈성주가 말하는 자들의 정체를 알고 있기 때문이다.

확실히 그들 중 셋까지 포함시킨다면 충분한 시간을 벌 수 있을 것이다.

그러나 그들은 함부로 움직이기 힘든 자들.

"정말 그들을 움직이실 겁니까?"

처음으로 철혈성주의 얼굴에 차가운 한기가 어렸다.

"아깝다 생각하면 한도 끝도 없지. 이 싸움은 시간 싸움이니 명분 싸움이니 하는 자질구레한 문제가 아니야. 잘 걷다가도 한 번 삐끗하면 절벽 밑으로 추락하는 싸움이지. 이용할 수 있는 모든 걸 전부 이용해도 불안한 마당에 늙은이들 몇 움직이는 것 정도야 무에 대순가."

양의는 주인의 얼굴에서 확실한 판단을 읽어 냈다.

그는 하고자 하면 무슨 수를 써서라도 이뤄 내는 집념의 소유자였다.

그것이 도의적으로 옳은 일이든, 혹은 옳지 않은 일이든.

"누구를 보내는 것이 낫겠습니까?"

"아무래도 쌓인 원한이 많은 이들을 보내는 것이 낫겠지."

철혈성에 속한 무인이라면 누구라도 칠왕에 대한 원한이 깊다.

지금 성주가 말하는 원한이 많은 이들이라면, 그중 특히나 원한이 깊은 이들이라는 말일 것이다.

거기에 성주는 패 하나를 더 던졌다.

"아마 그것으로 부족할 것이네."

세 명의 절대고수들과 이삼 백에 해당하는 고수들로도 부족하다고 말하는 철혈성주였다.

그러나 양의는 감히 그의 판단에 토를 달 수가 없었다.

그들은 그럴 만한 자격이 있는 이들이었다.

"미친 애들 다섯 정도 더 보내면 대략 시간을 끌 수 있겠지? 그 애들도 보내지."

양의는 흠칫 놀랐다.

철혈성주가 말하는 미친 애들이 어떤 존재들인지 잘 알기 때문이다.

그들 다섯이라면 시간을 끄는 걸 넘어서 잘하면 왕 중 하나를 잡을 수도 있는 패였다.

그의 고개가 숙여졌다.

"바로 처리하겠습니다."

성주가 빙그레 미소를 지었다.

"자, 그럼 탕 끓여 먹을 준비는 그것으로 되었고. 우리 귀여운 달빛 제자에게는 누구를 붙여 주면 될 꼬?"

*　　*　　*

진조월과 신의건, 문아령은 무시무시한 속도로 달렸다.

단순히 달린다는 영역을 넘어선, 나는 수준이었다. 그들이 발 하나를 움직일 때 이미 눈으로 보이는 풍경은 한참이나 뒤로 물러섰다.

진조월도 진조월이지만 신의건과 문아령의 신법은 실로 기가 막혔다.

이미 무공의 경지가 화경을 넘어서고 있는 진조월에 비해 크게 떨어지지 않는 신법을 본다면 유난히 빠르다고도 할 수 있을 것이다.

이 정도라면 젊은 층을 넘어서 천하 모든 무인들을 뭉쳐 놓더라도 가히 천하십대경공대가(天下十大輕功大家)에 뽑힐 만했다.

지닌바 무력과는 어울리지 않는 발재간들이다.

남북십걸이 후기지수들 중 최강자들이라 생각하지만 이 둘을 생각하자면 마냥 세상 소문이 믿을 것만은 아니라고 진조월은 생각했다.

아무리 비문성수의 제자들이라 하더라도 남북십걸이니 뭐니 하는 이들과는 차원이 다른 실력들이었다.

하지만 가장 놀라운 것은 진조월 자체였다.

'강해졌나?'

물론 사람이 극한의 상황에 처했을 때 한 단계 성장할 수 있다.

사람에 따라, 재능에 따라 한 단계가 아니라 몇 단계

는 성취가 있을 수 있다.

그러나 아무리 죽을 고비를 넘겼다고는 해도 진조월은 스스로의 성취를 이해할 수 없었다.

아직 제대로 회복이 되지 않았다 하더라도 진기의 수발이 지나치게 자유로웠다.

단전 역시 기존의 것보다 조금 더 커져 있었고 혈도를 유장하게 흐르는 진기의 흐름은 강물에서 파도로 변해 있었다.

눈도 훨씬 밝아지고, 사지를 놀리는 것도 이래도 되나 싶을 만큼 자유롭다.

이 정도라면, 몸만 제대로 회복될 시에 혈예수라검의 마지막 초식도 언뜻 펼칠 수 있을 것 같았다.

'이상하군.'

마냥 좋게 볼 것은 아니었다.

깨달음, 성장이라는 측면은 스스로 이해할 수 있는 범위에서 정확하게 나아가야만 한다.

자기가 이해할 수 없는 성장은 오히려 독이 될 수도 있는 법.

달리면서도 진조월은 그 이유를 찾기 위해 애썼고 이내 그 이유를 알아냈다.

'광야종.'

광야법공.

내공심법이자 신공이며, 동시에 투술이기도 한 오왕의 독문무공.

그것이 천하제일마공이라는 군림마황진기와 융합이 된 것이다.

어떻게 그게 가능해졌는가는 모르겠지만 그로 인해서 몸의 상태가 이상할 정도로 활발해졌다.

진기를 사용해 신법을 펼치고 있는 와중에도 내상이 치유되고 있었다.

가히 전대미문의 기사였다.

그는 당혹스러웠다.

이건 비정상이다.

아무리 천하의 산재한 마공 중에 최상위의 마공을 익혔고, 칠왕비전 중 하나를 익혔다고는 하지만 이건 상리에 어긋나는 일이었다.

제쳐 둘 문제가 절대로 아니었다.

스스로의 역량을 정확하게 꿰뚫어 보지 못하는 무인의 말로가 어떤지 그는 잘 알고 있었다.

불안한 십(十)의 힘보다 확실한 삼(三)의 힘이 훨씬

유용하다는 걸 그가 모를 리 없었다.

무슨 이름으로 불러야 할지 모르겠지만 분명 군림마황진기와 광야법공이 융합되었다.

진기의 운용법은 군림마황진기와 같지만, 그 등에 편승한 게 광야종의 광기였다.

'제기랄.'

그는 속으로 욕설을 내뱉었다.

직감적으로 이것이 자신에게 해가 될 진기는 아니라고 확신했지만 전투에서는 또 다른 문제다.

자기수양이라면 문제가 없으나 그는 철혈성주의 죽음을 목도하기 전까진 무조건적인 전투가 일상이 되어야 할 이였다.

그렇게 복잡한 심경을 안고서 그들은 마침내 절강을 벗어나 안휘로 접어들었다.

잘 닦여진 관도가 아닌 산길과 강을 넘나들며 달려온 강행군이었다.

평범한 무인이라면 감히 상상하지도 못할 속도를 그들은 단기간에 돌파한 것이다.

"여기서 잠시 쉬도록 합시다."

진조월의 말에 신의건과 문아령은 헐떡이는 숨을 가

다듬었다.

아무리 경공에 자신이 있었던 그들이지만 애초에 깊이가 다른 내공 때문인지 지나치게 힘이 들었던 것이다. 특히나 문아령의 안색은 거의 창백해질 정도였다.

"내가 호법을 서겠소. 체력을 비축하시오."

"사양치 않으리다."

둘은 자리에 앉아 가부좌를 틀고 즉시 운공조식에 들어갔다.

일각도 지나지 않아 그들의 표정이 평온해졌다.

그것으로 볼 때 그들이 익힌 심법 자체도 극상승의 무공임을 알게 해 주었다.

그들이 진기를 운용하자 둘의 몸에서 은은한 황금빛 서기가 어렸다.

아주 은은해서 멀리서 봐도 알아채지 못할 정도였지만 가까이 있는 진조월의 눈에는 명확하게 보였다.

순간 그의 가슴이 뜨끔했다.

아픈 정도는 아니었지만 출렁이는 뭔가 있었다. 분명 마기의 반발이었다.

'뭐지?'

아무리 둘이 익힌 무공이 불문의 신공이고 자신이

천하에서 제일로 치는 마공이라 하지만 이렇게 운공조식을 하는 와중에 반응할 정도는 아니었다.

그럼에도 진조월의 몸에서 흐르는 마기는 다소 격렬한 반응을 보이고 있었다.

진조월의 머리를 스치는 한 가지 생각.

'광야법공이다.'

마(魔)란 역천의 산물이다. 불법(佛法)과는 완전한 상극.

마귀의 공부라고 할 수 있을 터.

그런 마의 안에는 광야법공의 광기(狂氣)도 속했다고 할 수 있다.

그럼에도 군림마황진기의 마기가 광야법공을 전부 녹여 내지 못하고 있었다.

군림마황진기의 성취가 낮은 것이 아니라, 광야법공 자체가 가지고 있는 광기의 농도가 지나치게 짙은 것이다.

마기의 등에 올라탄 광기가 둘이 익힌 불법신공에 반응하고 있었던 것이다.

'진정해라.'

그는 가볍게 심호흡을 했다. 주위를 살피고 눈을 뜨

고, 서 있으면서도 진조월은 운공조식이 가능했다.

화경을 넘어선 무신(武神)의 경지가 불가능을 가능으로 만들어 주게 하였다.

반 시진 후, 둘의 눈이 뜨였다.

과다한 진기의 소모로 안색이 창백해졌던 그들이지만 지금은 훨씬 나아 보였다.

"여기서 두 시진만 더 쉬었다가 출발합시다."

전적으로 동감이라는 듯 신의건은 눈을 감았다.

조금이라도 빠르게 가려면 조금이라도 육체를 회복시키는 것이 우선이었다.

지금은 무엇을 섭취할 때가 아니라 수면을 취해야 할 때다.

반면 문아령은 가만히 가부좌를 틀고 진조월을 바라보고 있었다.

그 눈빛이 다소 부담스러운 수준인지라 무뚝뚝한 진조월이 먼저 물었다.

"할 말이라도 있소?"

문아령의 눈동자는 여전히 맑고 선했지만 한 줄기 걱정을 담고 있었다.

"진 공자."

"말하시오."

"뭔가 달라지지 않았나요?"

진조월은 깜짝 놀랐지만 여전히 표정의 변화는 없었다.

"무슨 소리요?"

"당신 몸에서 흐르는 힘이…… 조금은 달라졌어요."

놀랍게도 문아령은 진조월의 몸 상태를 꿰차고 있었다. 정확하게는 아니더라도 아는 것 자체가 신기했다.

진조월의 눈이 번뜩였다.

"어떻게 그걸 알고 있소?"

그녀는 담담한 기색이었다.

"저와 사형은 사부님께 각기 다른 것들을 전수받았지요. 원체 무재가 좋은 사형은 사부님의 거의 대부분의 무공을 전수받았고, 저 역시 비슷하지만 배운 게 약간 달라요."

문아령은 손가락으로 자신의 머리를 살짝 두드렸다.

그것이 어떤 의미인지 진조월은 바로 깨달을 수 있었다.

'상단전.'

사람은 절대로 같은 재능을 안고 태어날 수가 없다.

어떤 사람은 태어날 때부터 똑똑할 수 있고, 어떤 사람은 태어날 때부터 건강하다.

어떤 사람은 예술적 측면에서 특히 재능을 발할 수 있고, 어떤 사람은 셈을 하는 데에 유달리 재능이 있을 수 있다.

하지만 문아령의 행동은 단순히 머리가 뛰어나다거나 하는 표현이 아니었다.

바로 상단전.

굳이 노력을 하지 않아도 타고난 영성(靈性)이 강하여 신(神)을 받지 않아도 귀(鬼)를 보고, 인간이 생각할 수 없는 영역을 살필 수 있는, 선도(仙道)에서조차 가장 단련을 중요시하는 정신의 힘이었다.

"술법?"

"술법의 일종이라고 할 수 있죠. 무애광륜법(無碍光輪法)이라는 본문의 비전이에요."

본문의 비전이라고는 하지만 워낙 유명한, 그렇지만 보타암에서도 익힌 사람이 역사를 살펴도 셋을 넘지 못한다는 지극히 어려운 술법 공부였다.

정확하게 그것이 어떤 작용을 하는지는 익힌 사람을 제외하고는 아무도 몰랐다.

하나 전설처럼 내려오는 바로는 무애광륜법을 익힌 사람 앞에서는 거짓이 통하지 않고, 마귀가 들지 않는 다 하였다.

소림에서도 비슷한 공부가 있었지만 소림에서조차 그와 같은 공부를 이은 자가 현재엔 없는 실정이었다.

문아령에게 어찌하여 보타암의 기물이라는 연화불사가 있는지 의아했는데 이와 같은 재능 덕분인 듯했다.

재능을 넘어선 심성을 믿기에 딸려 보냈을 것이다.

"처음 진 공자를 보았을 때, 바닥이 보이지 않을 정도로 깊은 무학의 농도에 놀랐죠. 물론 그건 처음 봤을 때가 아니라 서호신가 내에서였어요. 저도 제대로 운용하지 못해서요. 하지만 지금은 달라요. 분명 진 공자는 이전과 확연히 달라요. 불안하리만치 요동치는 뭔가가 있죠."

생각을 읽히든 뭐든 자신만이 알고 있는 비밀을 남이 안다는 건 그다지 유쾌한 일이 못 된다.

그건 진조월도 마찬가지였다.

그러나 지금, 그는 왠지 모르게 편안한 심정이었다.

모든 것을 전부 수용하는, 문아령의 저 차분한 눈빛 때문일 것이다.

그는 한술 더 떴다.

"어떻게 보이시오?"

"색깔로 보자면 푸른빛과 붉은빛이 섞였어요. 하지만 동시에 섞이지 못했죠. 푸른빛이 안정적이라면 붉은빛은 불안정해요. 결과적으로 푸른빛도 불안정해지고 있죠. 그런데 신기한 건 두 색깔의 힘이 점점 강해지고 있다는 거예요."

체내에 품은 기(氣)를 색이 드러날 정도로 유형화시키는 것도 지고한 경지이지만 그것을 간파하는 눈도 특별한 것이다.

문아령의 경지를 생각하자면 말도 안 되는 일이었지만 그녀가 익힌 무애광륜법이라면 왠지 수긍이 갔다.

진조월의 눈이 어두워졌다.

불안해지고 있다는 것은 위험하다는 뜻이며, 무인에게 위험하다는 뜻은 결국 목숨이 왔다 갔다 하는 문제가 될 수 있다는 것이다.

언뜻 문아령의 얼굴에 공포가 들어찼다.

"그리고 그 너머에 뭔가가 도사리고 있어요. 괴물 같은 뭔가. 악마 같기도 한 뭔가가 당장이라도 튀어나올 것 같아요."

그것의 정체를, 진조월은 잘 알고 있었다.

내면 깊은 곳에 숨은 그 자신만의 광기.

가슴에 품은 한이 너무나도 컸던 그는, 마공과 살공을 익히면서 그러한 광기를 형상화하기에 이르렀다. 그것이 문아령의 눈에는 보였던 것이다.

"조만간이라면…… 그 괴물이 당신을 집어삼킬 거예요."

진조월은 가만히 이를 악물었지만 이내 평정을 되찾았다.

"눈을 붙이시오. 이따 깨워 주겠소."

*   *   *

백성곡이 손을 들어 진격을 멈추었다.

굳이 그의 손짓이 아니더라도 당무환과 단기중 역시 폭발적으로 내달리던 신법을 중단시킬 생각이었다.

사방에서 짓쳐 드는 묘한 살기.

살기라는 말을 붙이기 민망할 정도로 고약한 악의(惡意)가 넘실거렸다.

안개처럼 들이닥치는 악의는 세상 어떠한 것보다도

더럽고 무섭다.

백성곡의 눈이 번쩍였다.

"아무래도 정보가 샌 모양이로군."

그야말로 초인적인 강행군을 펼쳤던 셋이었다.

인간이라면, 설령 절정에 달한 고수라 할지라도 상상하지 못할 무시무시한 속도로 철혈성의 턱밑까지 파고든 그들이었다.

그럼에도 철혈성의 눈을 전부 피하지는 못했던 모양이다.

단기중의 몸에서 은은한 패기가 어렸다.

당무환의 눈에서는 태양과도 같은 강한 화기가 뿜어져 나온다.

"참으로 더러운 기운이지만, 각기의 무력은 무시할 수준이 아닙니다. 숫자로 보건대 대략 이백이 넘는 듯합니다."

절대고수의 통찰력은 육감조차 넘어서는 뭔가가 있다.

이미 세 명의 왕은 다가오는 먹구름의 실체를 잡아내고 있었다.

그들이 발걸음을 멈춘 평야지대.

어느새 저 멀리서 이백오십에 달하는 숫자의 무인들이 달려오고 있었다.

달리는 게 아니라 거의 나는 수준으로 다가오는 이들.

단기중의 눈에 무시무시한 기운이 폭사되었다.

"귀문이군요."

철혈성이 세상에 나섰을 때, 온갖 악인들을 처단한다는 대의명분을 가진 채 자체적으로 특급에 해당하는 체포 작전을 펼쳤던 때가 있었다.

그 작전 때 잡아들인 강호의 악인들의 숫자는 거의 천에 해당했는데, 한 명, 한 명이 한 지방에서 엄청난 범법 행위를 저지르고 있었다.

각 지방의 정도문파에서도 그들이 가진 힘이 워낙 강인해서 잡지도 못했던 악인들.

그 숫자가 천에 가까웠다.

철혈성 지하 감옥에 갇힌 그들은 서로 죽고 죽이기를 반복하여 이제 삼백조차 남지 않았다고 하였다. 그게 무려 삼십여 년 전이었다.

이전에도 악(惡)이었지만, 이제는 구제조차 할 수 없는 대악(大惡)이 되어 버린 귀신들.

하지만 쓸어버리지 못할 정도는 아니었다.

이미 저 멀리서 은밀히 다가오고 있음에도 모조리 파악해 버린 것을 보면, 그 힘의 크기가 강할지언정 상대 못할 크기는 아니리라.

문제는 그들 뒤에 따라붙은 세 명의 고수들.

일견하기에도 기세가 가히 녹록치가 않다. 각기 강호에 나가도 파란을 일으킬 만한 고수들이 따라붙었다.

단기중이 피식 웃었다.

"늙은 괴물들도 오는군요."

당무환의 몸에서는 벌써 뜨거운 열기가 치솟고 있었다. 지옥에서나 볼 법한 열기였다.

"아무래도 백 선배가 셋을 막는 것이 마땅할 듯싶습니다."

당무환과 단기중이 이백이 넘어가는 대군을 막는 것에 비한다면 백성곡이 맡아야 할 숫자는 지나치게 적었다.

그러나 그 어려움은 더할 것이다.

절대고수의 힘은 그처럼 큰 법이다.

백성곡이 가만히 고개를 끄덕였다.

"수고들 하게. 먼저 가 보겠네."

"보중하십시오."

"걱정 말게. 내 팔자가 그렇게 나쁜 편은 아닐세."

절대로 패배하지 않는다는 자신감에 찬 발언이었다.

그렇게 백성곡은 한 줄기 빛으로 화하여 이백이 넘는 악의를 넘어서서 쏘아졌다.

말 그대로 허공을 날아가는 수준이었다. 사람이 보일 수 있는 신법이 아니었다.

남은 두 사람.

단기중의 몸에서 점점 강렬한 기세가 뿜어져 나왔다.

"오랜만입니다. 이런 기분."

"상대도 적당하구먼."

"길은 누가 열까요?"

"이 사람 보게. 못 본 사이에 많이 뻐딱해졌구먼. 그럼 뼈마디 쑤신 내가 할까?"

단기중이 씨익 웃었다.

천 년도 지난 머나먼 옛날, 유방 최대의 적수로 초패왕(楚覇王)이라 불리었던 '전설'의 기세가 그의 얼굴 위로 가면처럼 덧씌워진다.

패천광군, 패왕 단기중.

칠 년 전 만월지란에서 천 명이 넘어가는 대군을 발

걸음 한 번으로 초토화시켰던 무적의 승부사가 마침내
그 무위를 만천하에 보일 시기였다.

*   *   *

백성곡이 연기처럼 앞에 나타났다.

그 앞에 선 세 명의 노인의 반응은 각기 달랐다.

누구는 분노를 숨긴 감탄을, 누구는 분노를 숨긴 차
가움을, 누구는 분노를 넘어선 분노를 보였다. 결국 백
성곡을 잡아먹을 듯한 기세는 동일했다.

중간에 선 노인, 덩치가 동산만 하고 주먹이 평범한
사람보다 두어 배는 더 큰 노인이 호탕한 웃음을 지었
다.

"참으로 오랜만이로군. 내 죽기 전에 당신을 보리라
고는 생각지도 못했거늘. 하늘이 이런 해후의 기회를
주다니 고맙기 짝이 없구먼."

백성곡은 이 노인을 잘 알고 있었다.

굳이 칠 년 전의 만월지란 때를 떠올리지 않더라도
그 이전부터 한 번을 만났던 사람이었다.

오로지 두 주먹으로 천하를 위진시켰던 전대의 노고수.

과거에 강북십대고수 중 한 명으로 추앙받았던 권법의 대가.

현재는 철혈성 원로원 소속으로 들어선 그는 붕악신권(崩岳神拳)이라 불리었던 장옥(張玉)이었다.

장옥의 좌측에 선 호리호리한 노인 역시 같은 강북십대고수 중 한 명으로 과거 만월지란 때 백성곡의 주먹질로 제자를 잃었던 노고수 한천검(寒天劍) 문호(文虎)였고, 우측에 선 평범한 키에 손에 한 자루 박도(朴刀)를 든 노인도 같은 강북십대고수 중 일인, 마신도(魔神刀) 조학(趙鶴)이었다. 조학은 오른팔만 있는 외팔이였는데 칠 년 전에 그의 팔을 생으로 뽑아 버린 사람 역시 백성곡이었다.

그야말로 전대 강북십대고수 중 세 명이 모인, 그것도 백성곡에게 가장 원한이 짙은 절대고수들이 모인 자리였다.

절정고수라도 그들 앞에서라면 뿜어지는 존재감 때문에 피부터 토할 상황이었다.

그러나 백성곡의 표정은 여전히 담담했다.

"나 역시 오랜만이오. 당신들과 다른 것이 있다면, 나는 언젠가 반드시 당신들을 보리라 확신했다는 것이겠지."

문호가 차가운 웃음을 지었다.

"그러시겠지. 본성을 말아먹으려고 작정을 하신 분이 오죽하실까."

분노가 지나치게 짙어서 오히려 담담해 보이는 모습이었다.

하기야 자신의 제자가 백성곡의 손에 유명을 달리했으니 그의 입장에서는 철천지원수나 다름이 없었다.

백성곡은 그저 미소만 지었다. 어딘지 서글프기도 하고 씁쓸하기도 한 웃음이었다.

"문 형은 잘 지냈소?"

"잘 지내다마다. 네놈을 갈아 마시기 위해서 제법 절치부심이라는 걸 했지만 버틸 만은 했다네."

백성곡은 고개를 끄덕였다.

"마다하지 않겠소."

조학이 카랑카랑한 목소리로 외쳤다.

"난 보이지도 않나 보군."

"그럴 리가 있겠소? 조 형의 칼은 더 날카로워진 듯하오. 다가서기만 해도 팔 하나가 베어질 것 같았소."

"팔 하나 베여서 어디 성이라도 차겠나? 네놈의 몸

을 천 갈래 만 갈래로 찢어도 분이 풀리지 않으리라."

장옥이 사람 좋은 미소를 지어 보냈다.

"우리 사이에 뭐 별다른 대화는 필요치 않겠지? 어차피 서로 적으로 만난 사이 아니던가. 최선을 다해서 목숨을 취하는 것이 맞겠지."

백성곡은 고개를 끄덕였다.

"오시오."

셋은 천천히 백성곡을 향해 다가섰다.

그 모습을 보며 겉으로는 담담했지만 백성곡은 내심 긴장했다.

자존심이 유달리 강한 세 노고수였다.

당연하다면 당연했다.

한 명만 강호에 나가도 천하가 들썩일 만한 최고수들인 것이다. 그들 세 명이 원한조차 뒤로 한 채 합공을 한다는 뜻은 무슨 수를 써서라도 백성곡을 죽이겠다는 무언의 의지이리라.

저 중 한 명이라면 당무환이나 단기중이 이길 수 있겠지만, 둘만 되어도 이기기가 어렵다.

그런 고수들이 셋이나 붙었다.

더군다나 느껴지는 압박감으로 보아하건대 오랜 세

월 합격진(合格陣)까지 연성한 듯했다.

손발이 맞는 다수와 맞지 않는 다수는 애초에 난이도가 다르다.

그들의 공격은 백성곡이 살아 온 인생 역사에서도 손에 꼽힐 정도로 강인할 것이다.

'쉽지 않겠군.'

백성곡이 뒷짐을 쥔 손을 풀었다.

그의 몸에서는 잔잔한 기세조차 흐르지 않았지만 다가서는 세 명의 노고수의 몸에서는 산악조차 허물 듯한 패기가 흘러나왔다.

"오시오."

그렇게 경천동지할 절대고수들 간의 전투가 시작되었다.

*   *   *

긴장감이 팽배해서 바늘 하나만 던져도 터질 것만 같은 네 명의 절대고수들이 벌이는 전투와는 다르게 이쪽의 전투는 한 명의 무시무시한 진각(震脚)으로 인해 시작부터가 지진을 동반했다.

그야말로 빛살처럼 날아간 단기중이 하늘 높이 떠올라 재차 태산처럼 바닥으로 곤두박질쳤다.

그의 발 하나가 이백의 고수들을 모조리 파헤치고 땅을 밟았다.

콰아아앙!

발걸음 한 번이 천지가 뒤집히고.

콰드드득!

"크아아!"

"으악!"

"뭐, 뭐야?"

단기중의 진각 한 번에 그를 주변으로 이십여 장이 넘는 너비가 뒤집어졌다.

가까이 선 악귀들은 모조리 척추가 부러지거나 양다리가 부러져 무너졌고, 그 너머에 선 악귀들도 땅에서 올라오는 엄청난 기세를 이기지 못해 벌렁 넘어졌다. 한 번의 진각으로 무려 오십이 넘는 사상자가 생긴 것이다.

전투의 시작, 초절한 공력을 풀어내는 단기중의 얼굴은 어느새 문사의 유순한 얼굴에서 천하를 제패한 대장군의 위엄이 덧씌워졌다.

"네놈들…… 이번엔 감옥이 아니라 지옥에 수감시켜 주마."

귀문의 수장 중 하나인 대살객(大殺客)이 기겁하며 외쳤다.

"이 시발 새끼는 누구야!?"

"니 애비다, 새끼야!"

저속한 욕을 한 번 내지르며 단기중의 주먹이 전면으로 향했다.

한 번의 주먹질이었지만 번개보다 빨랐고, 태양보다 강렬했으며 태풍보다도 격정적이었다.

진조월이 익힌 천마삼십육절 중 파산일권이라는 권공이 있어 무종삼절의 권절을 한 번에 즉사시켰다지만, 단기중의 주먹질은 아예 그 파괴력에서부터가 달랐다.

칠왕종 중 패왕의 무학.

극한의 위엄을 보여 주며 난세를 평정한다는 패도무학의 최고봉이 드러났다.

파천종(破天宗). 천붕팔식(天崩八式)의 주먹질이었다.

자연재해를 닮은 권풍(拳風) 앞에 악귀들 십여 명이 좌우로 쫙 갈라졌다.

갈라진 악귀들의 몸은 무시무시한 압력에 의해 내장이 모조리 터진 상황이었다.

단 한 번의 발걸음. 단 한 번의 주먹질.

그로 인해 전력의 오분지 일이 날아가 버렸다.

이 엄청난 광경에 나머지 이백에 해당하는 마인들의 몸이 얼어 버렸다.

이건 달라도 한참이나 다른 무력이었다.

독기나 악으로 어떻게 해볼 입장이 아닌 것이다.

그냥 다른 세상의 사람이었다.

별호는 패왕이라 불리지만, 이건 그냥 무신(武神)이었다. 신이 아니라면 결코 이런 광경을 만들어 낼 수가 없다.

대살객의 안색이 창백해졌다.

"이, 이런!"

귀문의 고수 중 한 명인 망혼비도(亡魂飛刀)는 푸들푸들 웃었다. 공포에 질려서 외려 웃음이 나와 버린 것이다.

"어쩐지 그 늙은이가 우릴 곱게 풀어 준다 싶었지."

철혈성주는 분명 세 명의 고수들을 죽여 준다면 자유를 준다고 했다.

만성독약의 해독약을 준다고 했고, 앞으로 어떠한 압력도 행사하지 않겠다고 다짐했다.

의심했지만 또 이런 기회가 언제 찾아오나 싶어 덜컥 승낙했던 그들이었다. 사실 의심이고 자시고 당장 그 지저분한 감옥에서 빠져나오고 싶었던 그들이었다.

철혈성주가 자신들을 이용했다고 생각하니 열불이 치솟았지만 그걸 풀 대상은 당장 없었다.

아니, 있었지만 덤빌 엄두조차 나지 않았다.

공포에 질려 비칠비칠 뒤로 물러서는 귀문의 고수들.

그런 얼어 버린 악귀들 위로 재앙 하나가 더 찾아온다.

불로 만들어진 날개를 퍼덕이며 날아온 사람이었다. 붉은색인지 푸른색인지 모를 악마의 혓바닥을 단 채로 하늘 높이 날아온 불덩어리는 각기 양팔을 쫙 뻗었다.

칠왕 중 최악의 위력을 발한다는 축융종(祝融宗).

살아 있는 화신(火神)이 꺼지지 않는 불덩어리를 악귀들의 측면으로 쏘아 냈다.

콰르릉!

지진이 일어나는가 싶더니 그 위로 용암이 떨어졌다.

거대한 불덩이 두 줄기는 이내 이백에 해당하는 악

귀들을 가둬 버렸다.

꺼지지 않는 불길로 만들어진 감옥이었다.

불길에 가까이 있었던 마인들의 몸은 순식간에 악마의 불길로 휩싸였다.

참혹한 광경이었다.

도망치자니 불길을 뚫을 수 없고, 덤비자니 패왕의 무력이 무시무시하다.

신법을 펼쳐 최대한 높이 뛰려고 해도 열기가 하늘 높이 치솟아 그조차 불가능했다.

어디로든 도망칠 수 없는 상황이었다.

단기중의 진각과 일권. 그리고 당무환의 일장(一掌).

단 세 수만에 천하를 경동시켰던 마귀들이 공포에 떨었다.

그리고 어느새 단기중의 옆으로 당무환이 내려섰다.

신기하게도 그의 몸에는 불이 붙어 있었는데 의복은 전혀 타지가 않았다.

인세를 살아가는 사람이 상상할 수 없는 모습이었다.

이 기괴한 모습 앞에서 악귀들이 물러섰다.

뒤에서는 밀지 말라고 발악을 하지만 당무환과 단기중의 앞으로는 감히 다가설 수가 없는 그들은 이러지도 저러지도 못했다.

악귀들이 진짜 지옥에서 올라온 악귀를 만난 것이다.

단기중이 하품을 했다. 상황과 어울리지 않는 행동이었다.

"얼른 처리하십시다. 식후 운동거리도 안 되는데 백선배 지원이나 나가지요."

"그러세나."

평소에는 웃음과 협의로 많은 사람들에게 편안함을 주는 둘이었지만, 막상 전투가 벌어지자 달라도 너무 달랐다.

눈빛과 성격, 기세가 다르다.

가까이 지냈던 사람이 본다면 같은 사람이 정녕 맞는지 의아할 정도였다.

이것이 전투에 나선 진짜 칠왕의 모습이었다.

그러나 그런 당무환과 단기중이 생각지도 못한 다섯 존재가 악귀들의 품으로 파고들었다.

너무나 조용하고 너무나 은밀해서 화경을 넘어선 두 사람조차 깨닫지 못하는 움직임이었다.

가짜 악귀들 품에 숨어든 진짜 악귀들.

스스로를 진짜라고 증명이라도 하듯, 이제부터가 진

짜 전투임을 이때까지만 해도 당무환과 단기중은 알지
못했다.

*　　　*　　　*

아슬아슬하게 조학의 칼을 피해 낸 백성곡의 머리
위로 다시 시퍼런 검날이 뛰쳐나왔다.

문호의 섬광과 닮은 검격이었다.

백성곡이 재차 고개를 숙이며 피해 냈지만 다시 그
의 몸통을 노리는 무시무시한 권격(拳擊)이 있었다.

본능적으로 장을 내민 백성곡이다. 주먹과 장이 만
나자 미묘한 폭음을 냈다.

주르르륵.

무려 삼 장이나 뒤로 밀린 백성곡이 가만히 손을 털
었다.

회심의 일격으로 주먹을 뻗은 장옥이 민망할 정도로
그는 별 타격을 받지 않은 모습이었다.

장옥이 피식 웃었다.

"역시 이 정도로는 안 되겠지?"

"장 형의 주먹질이 많이 매서워졌소이다."

"자네의 몸 역시 나이에 맞지 않게 날래기 짝이 없구먼. 도통 맞을 생각을 안 하니 원."

눈을 씻고 봐도 노인들의 전투라고는 생각하지 못할 정도로 격렬한 전투였다.

물론 이처럼 빠른 움직임을 볼 수 있어야 그나마도 가능한 생각이었다.

조학의 박도에서 시퍼런 기운이 일렁였다.

휘몰아치는 기세가 가히 대지를 반으로 쪼갤 것만 같았다. 백성곡의 눈빛에 언뜻 감탄이 일었다.

"선명한 도강(刀罡)이구려."

정기신(精氣神)이 일체(一體)를 이루어 정수리에 세 개의 꽃이 피워지니 삼화취정(三花聚頂)이며, 수금목토화(水金木土火), 오장(五臟)의 기가 하나로 귀결되어 오기조원(五氣朝元)이다.

이 모든 것이 전부 이루어졌을 때 인간은 스스로의 한계를 벗어나 탈피를 하게 되며 내기와 외기의 소통이 자유로워 신선의 경지에 한 발 딛게 된다.

이것을 무학의 경지로 조화경(造化境), 짧게 화경이라 하니 이때부터 궁극의 무예를 펴도, 펴도 줄지 않는 바닷물처럼 쓸 수 있게 된다 하였다.

강(罡)을 이루었다는 것은 이미 화경에 들었다는 증거.

비록 초입에 불과했지만 백성곡과 맞상대하는 세 명의 노고수들 전부가 이미 인간의 한계를 초월한 것이다.

모르긴 몰라도 저 도강에 베어지지 않는 것은 천하에 없을 것이다.

세상에서 가장 강인하다고 알려진 만년한철조차도 저 극한으로 예리해진 기의 집합체를 버틸 수 없다.

조학만이 아니었다.

문호의 검에서도 검강이 맺혔고, 장옥의 양손에서도 불길처럼 시뻘건 강기가 넘실거렸다.

무인이라면 목숨을 걸고 보고 싶은 광경이었고 그들의 손에 죽는다 해도 삼대가 영광이라 할 만한 광경이었다.

"어디 진짜로 해볼까?"

파아악!

공기를 찢는 소리와 함께 장옥의 거대한 몸이 사라졌다.

그 육중한 동체가 어찌도 이리 빠른지 눈을 깜빡하

는 순간에 이미 백성곡의 앞에 도달했다.

동시에 질러지는 쌍수(雙手).

태산조차도 부숴 버릴 듯한 일격이었다.

그러나 장옥은 이윽고 소름끼치는 경험을 하게 된다.

한 수 위의 고수라도 피떡으로 만들어 버릴 거라 자신하던 그의 두 손이, 손목부터 백성곡에게 잡혀 버린 것이다.

심지어 상대는 강기조차 일으키지 않았다.

"이게 대체?"

퍼어어억!

"크아악!"

순간 복부에 엄청난 고통을 느낀 장옥이 처절한 비명을 지르며 십여 장 뒤로 날아갔다.

백성곡의 발이 그의 몸통을 후려친 것이다.

동시에 공격을 감행하려던 문호와 조학이 멈칫했다.

장옥의 몸에 가려져 무슨 일이 일어났는지 파악하지 못한 탓이다.

백성곡의 눈에 무시무시한 투기가 어렸다.

그의 등 뒤로 분노한 어떤 존재의 얼굴이 뛰쳐나온다.

기세가 그렇다는 말이 아니라 기가 지나치게 팽창하여 그의 몸에서 나와 형상을 만든 것이다.

진조월의 군림마황무처럼 무학의 특성상 보이는 기세가 아니었다.

무공의 경지가 지나치게 높아서 자신의 마음을 투영한 어떠한 '존재'가 자연스레 기를 받아 형상화한 것이다.

칠 년 전에 보았던 투신의 모습.

칠왕수좌 투왕이 진실된 무학을 선보일 때 나타난다는 투신상이었다.

조학과 문호의 얼굴이 창백해졌다.

"제대로 해보자고 했으니…… 그래, 제대로 해봅시다."

백성곡의 눈에서 태양도 숨을 듯한 광채가 뿜어져 나왔다.

마주할 수 없는 눈빛이요, 기세다.

파아아악!

공간이 찌그러지는 착각이 일었다.

어느새 문호의 전면으로 도달한 백성곡이 일수유에 십이권(十二拳)을 휘둘렀다. 번개보다 빠른 주먹질이었다.

따다다다당!

"크으윽!"

어떻게든 검을 놀려 막았지만 어마어마한 반탄력 때문에 그는 뒤로 물러서야만 했다.

상대의 주먹에는 강기조차 맺혀져 있지 않았는데 정작 검강에 덧씌워진 그의 검은 금방이라도 부러질 듯했다.

"이게 도대체 무슨?!"

믿을 수 없는 광경이었다.

그러나 지금 그것에 신경 쓸 겨를이 없었다.

백성곡이 움직였을 때부터 조학 역시 칼을 높게 들어 땅으로 찍었다.

천지를 가를 듯한 일도(一刀)였다. 반월형의 거대한 도강이 빛살처럼 백성곡의 몸을 향해 나아갔다.

피할 수도, 막을 수도 없을 것만 같은 무자비한 도강.

백성곡의 입가에 차가운 조소가 맺혔다.

동시에 그의 왼손이 먼지라도 털 듯 가볍게 허공을 털어 냈다.

콰아아앙!

땅은 지진이라도 난 듯 거세게 흔들렸다.

파리라도 쫓는 듯한 동작 한 번으로 강철도 두부처럼 베어 버릴 도강을 소멸시켜 버린 백성곡이었다.

조학은 내심 경악했지만 내색하지 않았다.

이미 문호의 검강을 주먹질만으로 막아 버린 그였으니 새삼스레 놀랄 것도 없었다.

조학이 재차 칼을 휘둘렀고 큰 타격을 받은 것 같았던 장옥 역시 언제 이리 도달했는지 백성곡의 머리를 향해 일권을 휘둘렀다.

두 줄기의 태풍이 휘몰아쳐 온다.

본신의 절기를 꺼내는 그들.

장옥의 철중권(鐵重拳)과 조학의 요광십팔도(妖光十八刀)가 백성곡의 몸을 노리고 나아갔다.

무림 최정상의 절기들.

그것도 각 무공을 대성에 이르도록 연마한 고수들의 합격.

백성곡의 눈에 더욱 깊은 광채가 흘렀다.

"하압!"

보기 드문 기합성과 함께.

쾅! 쾅!

거의 같은 시기에 난 두 번의 굉음.

동시에 장옥과 조학이 각기 십여 걸음이나 뒤로 물러섰다.

백성곡의 쌍장(雙掌)의 위력이 워낙 거세어 본시의 절기로도 그를 어쩌지 못한 것이다.

그러나 백성곡 역시 충격을 아주 받지 않은 건 아닌 듯 일순간 눈빛이 흔들렸다.

'놀라운 무력이다.'

칠 년 전에 비해 엄청나게 급증한 무공들이었다.

자신 역시 깊은 수양과 한계에 다다른 연마로 이전보다 무학의 경지가 올랐다고는 하지만 이들 역시 놀고만 있지는 않았던 것이다.

하지만 어찌 장옥과 조학의 놀라움이 백성곡에 비할까.

칠 년 동안 그야말로 뼈를 깎는 노력을 했던 그들이었다.

어떻게 해서든 백성곡을 잡기 위해서 늙은 나이에도 밤잠을 아껴 가며 주먹을 휘두르고 칼을 휘둘렀던 세월이었다.

그럼에도 이번 합공에서 백성곡에게 내상조차 입히지 못한 것이다.

자신의 무공에 대해 회의감이 든다.

장옥이 속으로 이를 갈았다.

'놈의 무공이 가히 성주와 비견될 만하군.'

원로원 소속이라면 대부분이 성주를 좋아하지 않는다.

심지어 증오하는 늙은이들도 있었다.

하지만 철혈성주, 천하제일인이 주는 존재감만큼은 싫어도 인정할 수밖에 없었다.

장옥은 백성곡의 천지를 뒤흔드는 존재감에서 이길 수 없는 철혈성주의 뒷모습을 보았다.

"이노옴!"

장옥의 주먹에서 한 줄기 거대한 권강이 뿜어져 나왔다.

철중권 삼대살초 중 하나인 대멸대파진(大滅大破震)이었다.

그는 이십여 년 전 이 한 번의 주먹질로 당시 천하오대권사(天下五大拳士) 중 한 명이라는 운영수(雲影手)를 아예 소멸시키고 강북십대고수 중 한 명으로 올라서는 기염을 토해 냈었다.

그 전설적인 권초가 마침내 모습을 드러낸 것이다.

동시에 조학의 칼이 수십 개의 초승달을 만들어 냈다.

하나같이 요사한 기운을 품은 초승달들은 참으로 아름다웠다.

그러나 몸에 닿는 순간 사람의 몸은 살점 하나 남기지 않고 천 갈래 만 갈래 찢어지리라. 그 역시 요광십팔도의 절초 중 하나인 마월기광(魔月氣光)이었다.

백성곡의 입가에 미소가 드리워졌다.

상대와의 은원을 떠나서 참으로 오래간만에 느껴 보는 압박감이었다.

성정을 떠난 무인으로서의 환희가 그의 담담하던 가슴에 불을 지피고 있었다.

"이제부터 조금 매서워질 터이니 손속이 매섭다 생각지 마시구려."

담담하게 울려 퍼지는 그의 목소리.

그 목소리가 채 끝나기도 전에 장옥의 권강은 바위만 한 크기에서 콩알만 한 크기로 축소되었고, 조학이 날린 수십 개의 초승달은 모조리 흩어지며 두 개로 수가 줄어들었다.

백성곡의 열 개의 손가락에서 뻗어 나온 송곳 같은 지력이 다시 수백 개로 흩어지며 두 절대고수의 공격을 뿌리친 것이다.

이 말도 안 되는 광경에 두 사람의 눈이 찢어질 듯 커졌다.

"이노옴!"

그때 백성곡의 정수리를 향해 한 줄기 낙뢰가 떨어졌다.

참으로 시기적절한 순간이었고, 설령 무신이라 한들 피할 수 없을 것만 같았다.

그렇게 본다면 백성곡은 무신을 넘어선 어떠한 존재가 분명했다.

그 낙뢰를 피해 버린 것이다.

도대체 보고서도 저게 가능한 몸놀림인지 눈을 의심케 할 움직임으로 문호의 뇌전과도 같은 검강을 피해 버린 그는 문호에게 진짜 낙뢰가 어떤 것인지 직접 보여 주었다.

한 줄기 푸른 번개가 득달처럼 날아와 문호의 가슴팍을 후려쳤다.

퍼어엉!

"커헉!"

한 사발이나 되는 피를 흩뿌리며 뒤로 날아간 문호는 기어코 검을 짚어 쓰러지지 않았지만 심각한 내상을 입은 듯 창백한 안색이었다.

코와 입에서는 죽은피가 흘러나왔고 정갈하게 입은 의복의 상의는 모조리 타서 재가 되어 날아갔다.

그의 가슴에는 손바닥 모양의 화상이 적나라하게 찍혀 있었다.

투신종이 가진 수많은 무학 중 하나이자 백성곡이 가장 즐겨 사용하는 수공(手功)인 뇌운벽력수(雷雲霹靂手)였다.

펼쳐지는 순간 상대는 손짓조차 보지 못하고 온몸이 재가 되어 죽는다는 극양의 무공.

그것을 여유 있게 펼친 백성곡도 백성곡이지만, 위험천만한 가슴에 맞고도 아직 살아 있는 문호 역시 대단했다.

그렇게 세 명의 절대고수가 펼치는 합격진은 깨져 버렸다.

반대로 백성곡의 몸에서는 더욱 짙은 기세가 흘러나

왔다.

"짧았지만 좋은 대결이었소. 이만 끝을 봅시다."

세 노인의 안색이 파랗게 질려 갔다.

*   *   *

강력한 무공으로 귀문의 고수들을 격파해 나가는 두 사람이 괴이한 기세를 느낀 것은, 거의 귀문의 마인들이 오십여 명 정도 남았을 시점이었다.

당무환이 본능적으로 뒤로 물러서며 자신이 섰던 땅을 향해 손을 뻗었다.

그 어떠한 열화장(熱火掌)의 대가들이 본다 하더라도 믿을 수 없는 광경이라며 눈을 부빌 만한 위력의 장력, 신화삼장(神火三掌)의 일초 섬화(閃火)였다.

섬광과도 같은 불길 한 줄기가 직선으로 뻗어 나갔다.

콰쾅!

땅이 뒤집어지며 파편처럼 흩어지는 화염에 다섯의 귀문 마인들이 바닥을 굴렀다.

하나 정작 당무환의 표정은 좋지 못했다.

"피했어?"

불지옥이 되어 버린 반경 백여 장 속에서, 이제는 숨길 것도 없다는 듯 그들 앞으로 나타난 다섯 괴인들이 있었다.

왜 이제야 이 독특한 행색을 봤을까 의아할 정도로 똑같이 생긴 사내들이었다.

대략 서른 초반에서 중반 정도 되어 보이는 사내들은 똑같은 얼굴에 똑같은 무표정, 똑같은 흑의(黑衣)를 입고 있었는데 이상할 정도로 긴 손톱을 갖고 있었다.

그 손톱의 색깔 역시 옷처럼 시커먼 색이었다.

그들을 보며 단기중의 표정이 굳어졌다.

"보통 놈들이 아닙니다."

눈으로 빤히 보고 있음에도 불구하고 존재감을 느낄 수가 없었다.

마치 공기가 제멋대로 형상을 만든 듯했다.

태산처럼 강인한 존재감을 내는 것도 어렵지만, 공기의 흐름조차 잡히지 못할 만큼 존재감을 죽이는 것도 어렵다.

지금 이 다섯의 괴인들은 임가연의 천사종에 비하기

는 조금 모자라지만 천하에서도 짝을 찾기 어려운 살수들처럼 보였다.

"불길한 놈들이로다."

문득 당무환이 탄식을 터트렸다.

"설마 이놈들, 칠 년 전에 그놈들인가?"

단기중도 과거의 그때가 생각난 듯 놀란 표정으로 괴인들을 바라보았다.

만월지란 당시 일어났던 수많은 전투.

철혈성과 무시무시한 접전을 벌였던 때였지만 어느 하나의 전투도 더 무섭다 할 만한 것을 꼽을 수가 없었다.

매번의 전투가 힘겨웠고 무서웠다.

그러나 특이했던 한 번의 전투가 있었다. 그 한 번의 전투로 음양왕이 목숨을 잃었다.

단 한 명의 살수가 음양왕의 술법 경계를 뚫어 버리고 그의 가슴에 비수를 박아 넣었다.

워낙 난전(亂戰)이었다지만 왕들의 이목을 속이고 접근했을 정도로 그 살수의 은신술은 대단했었다.

비록 음양왕의 손짓 한 번으로 머리통이 사라진 놈이었지만, 죽은 살수의 손 역시 눈앞에 다섯 괴인들처럼 손톱이 길고 시커멓게 변색되었다.

거의 대부분의 고수들이 죽었음에도 용케 살아 있던 대살객의 얼굴에 살짝 미소가 지어졌다.

무시무시한 불길이 일으키는 연기 때문에 검둥이가 다 되었지만, 그는 다소간의 긴장을 풀 수 있었다.

'지원군인가?'

아무래도 저 두 괴물들을 잡으라고 몰래 잠입시킨 고수들 같았다.

수상해 보이기는 하지만 괴물들의 긴장이 몸으로 느껴졌다.

그렇다면 이 다섯의 괴인들도 충분히 괴물이라는 뜻이리라.

대살객이 동네 불량배에게 맞고 형에게 이르는 동생처럼 쫄래쫄래 괴인들에게 다가갔다.

"왜 이제야 나섰는지 모르겠지만 잘되었소! 어서 저 괴물들을 죽이고……."

퍼억.

섬뜩하리만치 둔중한 소리가 사방으로 울린다.

대살객의 눈이 크게 뜨였다.

그는 떨리는 눈으로 자신의 가슴을 바라보았다.

어느새 가장 좌측에 있는 괴인의 손이 자신의 가슴을 뚫어 버린 것이다.

"이…… 이……!"

뭐라 말이라도 하고 싶었지만 허파까지 찢고 심장마저 찢어 버린 치명상에 대살객은 그대로 눈을 까뒤집었다.

그렇게 귀문에서 손꼽히던 고수인 대살객은 죽었다.

느닷없는 사태에 귀문의 고수들은 물론이거니와 당무환, 단기중도 놀랐다.

같은 편인 줄 알았는데 서슴없이 대살객을 죽이다니 이게 무슨 일이란 말인가?

대살객의 가슴에서 손을 뺀 괴인은 아무런 감흥도 없다는 듯 손을 털고 조용히 두 사람을 바라보았다.

감정이라고는 일체 찾아볼 수 없는 눈빛이었다.

단기중이 조용히 중얼거렸다.

"쉽지 않겠소, 선배."

단기중이 조용했다면 당무환 역시 조용했다.

하지만 그 조용함 속에는 활화산 같은 분노가 타오르고 있었다.

"철혈성주가 정녕 괴물들을 만들었군."

공기의 흐름조차 느껴지지 않을 듯한 존재감은 둘째 치더라도 공간과 공간을 접으며 대살객의 가슴에 손을 박아 버린 그 움직임은 보통이 아니었다.

게다가 똑같은 얼굴, 죄책감이라고는 일체 없는 눈빛.

전설상의 강시가 이러할까.

'강시?'

당무환의 얼굴이 침중하게 굳어졌다.

강시라면 과거 멸망한 천마궁에서 만들었던, 하지만 그 제조 과정이 불가능에 가까울 만큼 난해하고 천문학적인 액수가 들었기에 천마궁도 단 이백 구만 만들었다고 전해지는 마물이었다.

게다가 강시라면 몸은 도검불침으로 단단하지만 움직임이 굼떠서 어지간한 고수들에게는 장난감이나 다름이 없는 존재 아니던가?

한데 저놈들을 보자니 강시라도 보통 강시가 아닌 듯싶었다.

단기중 역시 비슷한 생각을 한 듯 주먹을 꾹 쥐었다.

"설마 강시는 아니겠지요?"

"그런 듯싶네."

"제가 아는 강시는 저처럼 은밀하지도 빠르지도 않습니다."

"아무래도 개량을 한 모양이네."

그게 얼마나 기가 찬 말인지 너무나도 잘 알았지만 철혈성주 정도 되는 미친 작자라면 사실 더 기괴한 괴물을 만들었다 해도 놀라기 힘들다.

절대고수들을 긴장시킬 정도의 무력을 갖춘 강시.

그것도 다섯 구.

당무환과 단기중의 몸에서, 지금까지 볼 수 없었던 강력한 기세가 뿜어져 나왔다.

상대가 강시든 아니든, 전력을 다해야 할 상황이었다.

단기중의 주먹이 허공을 갈랐고, 당무환의 손에서 쏟아진 화염이 소용돌이를 치며 강시들을 휘감았다.

두 명의 왕과 다섯 강시들의 전투가 마침내 시작되었다.

6.
음모발동(陰謀發動)(3)

진조월은 산길을 이동하다가 걸음을 멈추었다.

뒤를 따르던 신의건과 문아령 역시 걸음을 멈출 수밖에 없었다.

진조월의 차가운 눈동자가 주변을 훑었다.

"무슨 일이요, 진 형?"

그는 말을 할 수 없었다. 기감을 집중시키는 것만으로도 벅찼기 때문이다.

'누군가가 있다.'

주변에 숨은 건 아니었다.

저 멀리서 다가오고 있는 장중한 기운.

'살수는 아니다.'

보란 듯이 무자비한 기세를 일으키게 다가오는 이가 있었다.

눈으로는 보이지 않지만, 눈보다도 상대를 파악하기에 용이한 그의 육감이 외치고 있었다.

지금까지 만났던 이와는 차원이 다른 누군가가 오고 있었다.

어느 정도 대단하느냐?

절정고수라 불리기에 손색이 없는 신의건과 문아령이 지나치게 큰 존재감 때문에 상대를 느끼지 못할 정도로 대단한 고수였다.

존재감이 압도적이어서 오히려 상대를 느낄 수 없다니, 기가 막힐 일이다.

반대의 경우는 많았어도 이런 경우는 없다.

"누군가가 오고 있소."

한 마디면 충분했다.

신의건은 슬쩍 자신의 허리춤에 검을 잡았고, 문아령 역시 긴장한 듯 기공을 풀어냈다.

진조월은 상대가 살짝 멈칫한 기색을 읽어 냈다.

그러나 잠시 멈추었을 뿐 상대는 다시 빠른 속도로

다가오고 있었다.

이전에는 여유로웠던 발걸음. 지금은…… 빠르다.

그는 상대의 발걸음에서 가벼운 흥분의 기색을 읽어 낼 수 있었다.

그리고 마침내.

진조월은 나타난 상대를 보고 찢어질 듯 눈을 부릅 떴다.

당무환보다 조금 더 먹은 나이의 노인.

반백의 머리카락에 평범한 키였다.

심지어 허리춤에 달랑거리는 철검 한 자루도 평범했 다.

어디에서나 볼 수 있을 법한 얼굴이었지만 노인을 본 진조월은 근래에 가장 놀라고 있었다.

"장 호법……."

철혈성에서 호법이라고 불리는 고수는 총 세 명.

그중에서도 장 호법이라 불린다면 상대의 정체는 명 확했다.

신의건은 전설이 되어 버린 존재를 보았다는 사실에 경악했고, 문아령은 그 너머, 피할 수도 없고 이길 수 도 없는 전투라는 사실에 절망했다.

"오랜만일세, 삼공자."

노인은 진정 반가운 얼굴로 진조월에게 인사를 선넸다.

물론 진조월은 웃을 수 없었다.

검제(劍帝) 장만위(張滿位).

사십여 년 전 천하십대고수(天下十大高手) 중 한 명이었으며, 당시에도 천하제일검(天下第一劍)이라 불리었던, 근 무림 백 년 사상 최강의 검객.

한때 몇 년 동안 황실에 거했으며, 적어도 그가 전장에 있었을 때는 감히 북원의 세력들이 기를 펴지 못했었다고 전해진다.

철혈성주조차도 존대를 하며 칠 년 전, 성이 유례를 찾아보기 힘들었던 칠왕들의 무자비한 공격 속에서도 모습을 드러내지 않았던 검객들의 신.

겉으로는 육십이나 되어 보이지만, 실제 그의 나이가 백이십에 가깝다.

무림인을 자처한다면, 한 번 얼굴이라도 보기를 갈망하는 신화적인 무인이 이 자리에 나타난 것이다.

신의건은 본능적으로 검파를 쥐었다.

그것이 아무런 의미가 없는 짓임을 알면서도 몸이

그리 시킨다.

장만위의 눈이 살짝 신의건과 문아령을 스쳤다.

"허! 과연 과거에도 남다른 청년이다 싶었더니 이런 용봉지재들과 함께하고 있었구먼. 그 나이에 참으로 대단들 하네. 앞으로 얼마나 클지 상상하기 어렵군."

천하의 검제 장만위의 칭찬이었지만, 오히려 그였기에 칭찬조차 되지 못하는 말이었다.

그의 무력이라면 신의건과 문아령 정도의 무인은 일검에 반으로 갈라지리라.

진조월은 복잡한 눈으로 장만위를 바라보았다.

"오랜만입니다."

정이랑을 제외하고 그가 다시 존대를 한 사람이 나타났다.

그것은 그저 장만위가 존경 받을 만한 무력을 갖춘 검객이라서가 아니었다.

어린 시절, 스승이었던 성주의 냉담함에서 그를 외롭게 하지 않았던 사형제들 간의 정. 그리고 성의 어른들 중 유일하게 진조월과 서슴없이 놀아 주었던 어른.

장만위가 나직이 감탄했다.

"내 진정 삼공자가 큰 사람이 될 줄은 알았지만, 그 나이에 이토록 대단한 무인이 될 줄은 생각하지 못했네. 가히 개세적이라 할 만해. 강호 역사상 삼공자 나이에 그 정도로 대단한 무력을 쌓은 이가 어디에 있었던가?"

진정성이 가득한 칭찬이었다.

장만위는 진정으로 진조월에게 감탄했다.

그의 눈동자는 따뜻했다.

"그간 고초가 많았다고 들었네. 몸 성히 무사해서 다행이네."

진조월의 주먹에 저절로 힘이 들어갔다.

다른 어떠한 사람과 겨루어도, 장만위하고 만큼은 검을 맞대고 싶지 않았다.

처음으로 검을 쥘 때, 어떻게 검을 쥐는지를 알려 준 사람은 스승이 아니라 장만위였다.

사형제들 앞에서는 강한 척했지만, 항상 울 때 그를 달래 주던 사람이 장만위였다.

장만위야말로 진조월에게는 또 다른 부모였던 것이다.

장만위의 따뜻한 눈동자는 진조월의 차가운 눈동자

를 천천히 녹였다.

하지만 그는 울지 않았다.

울기에는 그가 그동안 겪었던 지옥의 경험들이 지나
치게 살벌했다.

정말 이렇게 만나고 싶지 않았다.

만날 일도 없다고 생각했다.

호법이라는 직책은 그저 상징적인 의미일 뿐, 설령
성이 무너지는 사태가 벌어지더라도 호법들은 성내 일
에 참여하지 않았기 때문이다.

그럼에도 장만위가 나타났다.

'철혈성주……'

그가 아니라면 장만위가 이렇게 나타날 일은 없을
것이다.

상징적인 호법이라 할지라도 철혈성 소속은 소속이
니까.

"여기에는 어쩐 일이십니까?"

차가운 말투는 여전했지만 흔들리는 건 어쩔 수가
없다.

장만위가 한 번 눈을 감고는 재차 떴다.

그 늙수레한 눈에 뜬 감정은 분명 '미안함'이었다.

"나를 따라 이만 집으로 가지 않겠는가? 내 부탁함세."

천하의 검제가 '부탁' 이라고 한다.

진조월의 입에서 낮은 탄식이 흘러나왔다.

그가 말한 집이라는 곳이 어떤 곳인지 잘 아는 그는 이윽고 무겁게 고개를 저었다.

"그건 장 호법님이라도 불가합니다."

"어째서?"

"그간의 사정을 굳이 말하지 않아도 잘 아시리라 생각합니다."

장만위는 가볍게 고개를 끄덕였다.

"아네. 다 들었네. 대공자의 말도 들었고, 성주의 말도 들었지."

"한데도 절 그리로 데려간다 하십니까?"

누구에게도 표하지 않았던 감정.

섭섭함이 그의 말투에 그대로 드러났다.

다른 사람도 아닌 장만위가 나타나 성으로 돌아가자 하는 건 배신보다도 쓰라린, 말로 설명하기 힘든 아픈 감정이었다.

"많은 피를 보았지 않은가? 이제 충분하다고 생각하네."

"전 단 한 명의 피만 보면 됩니다."

"그것은 패륜일세."

"먼저 연을 끊은 것은 그쪽이었습니다."

"내가 중재하겠네. 더 이상 쓸데없이 희생되는 사람들이 없었으면 하네."

장만위의 무력은 누구보다도 강하다.

백 년을 훌쩍 넘은 세월을 살아 온 검객.

육체의 노쇠함?

그런 것 따위는 예전에 넘어섰을 터.

그는 인간으로 태어나 신으로 변모한 전설 중에 전설이다.

그런 사람이 검을 뽑지 않고 한 사람을 달래고 있다는 사실 하나만으로도 가히 사건이라 할 만했다.

하지만 진조월도 단호했다.

"장 호법님이 나서실 일이 아닙니다."

"아니, 내가 나서야만 할 일일세."

"어째서 그러합니까?"

"자네는…… 한 평생 검만 쥐고 살았던 이 늙은이가 유일하게 가르쳤던 제자였으니까."

신의건과 문아령은 충격을 받았다.

검제 장만위의 제자? 이게 도대체 무슨 말인가?

진조월은 장만위의 말을 알아들었다.

그래서 더욱 마음이 격동했다.

"진짜 이유를 말해 주십시오. 칠왕의 난이 일어났을 때도 성주의 불의함을 알고 나서지 않았던 분이 아닙니까? 한데 왜 지금 나서시는 겁니까? 단순히 많은 이들의 피가 흐르기 때문입니까?"

장만위가 가만히 눈을 감았다.

무슨 생각을 하는 것인가. 누구도 알 수 없으리라.

이윽고 재차 눈을 뜬 장만위의 입에서 뜻밖의 말이 흘러나왔다.

"이대로 놔두면 자네는 죽네."

"……!"

"성공하고 말고의 문제를 떠나서…… 자네는 비참하게 죽을 걸세. 그것을 막고자 함이네."

또 다른 진실이 있을 것이다.

장만위 역시 그만의 사정이 있을 것이다.

하지만 지금 그가 하는 말 역시 사실일 것이다.

진조월의 눈동자가 크게 격동했다.

"죽더라도 행해야 할 일이 있습니다."

"그것이 내게 검을 겨누어야 할 정도로 중한 일이던
가?"

결정타였다.

진조월이 이를 악물었다.

절대로 흔들리지 않았어야 할 굳은 마음은 제영정과
여설옥 때문에 한 번 흔들렸다.

하지만 그때와는 비교조차 할 수 없는 거센 태풍이
그의 마음속으로 스며들고 있었다.

삼 년 만에 처음으로 그는 악을 질렀다.

"왜! 도대체 왜 그러는 겁니까! 왜 제 앞에 나타나서
저를 흔드는 겁니까! 그 옛날에는 코빼기도 보이지 않
던 분이 지금에서야 왜! 도대체 왜!"

마지막에 와서는 절규가 된 그의 음성.

처절함. 비통함.

그러한 단어들로 설명할 수 있을 만한 감정이 아니
었다.

그 보이지 않는 슬픔에 신의건과 문아령은 장만위의
존재감에서 처음으로 벗어나 진조월을 바라보았다.

얼음으로 만든 인형처럼 딱딱하기만 했던 그가 무너
져 내리고 있었다.

장만위는 그저 서글픈 눈으로 진조월을 바라보았다.

기어코 진조월의 차가운 눈동자에서 한 줄기 눈물이 흘렀다.

일이 끝나지 않을 때까지는 절대로 울지 않겠다던 그만의 맹세는, 마침내 이 자리에서 깨어졌다.

장만위의 눈이 다시 감겼다.

그리고 천천히 열리는 검제의 입.

"월아."

"……!"

"이만 돌아가도록 하자."

차아앙!

파검의 서글픈 울음이 천지를 흔들었다.

검을 뽑은 진조월.

부러진 파검의 검첨이 장만위를 향했다.

"목적만이 제 삶이 되었습니다. 과정 따위는 필요치 않습니다. 제 삶을 막는다면…… 아무리 당신이라도 용서하지 않을 겁니다."

터져 나오는 분노만큼이나 거센 슬픔.

문아령은 보았다.

진조월의 몸에서 일어나는 온갖 감정의 소용돌이를.

차갑고 뜨겁고 미지근한, 세상 모든 온도가 그 안에 있는 듯했다.

눈 뜨고 볼 수 없을 정도로 짙은 원망과 한은 너무 처절했기에 오히려 동정을 불러일으켰다.

그녀의 눈에서 한 줄기 눈물이 흘렀다.

진조월의 감정이 그녀의 가슴을 관통했다.

"진정 그리해야겠느냐?"

"검을 뽑으십시오."

"진정 이 자리에서 나를 베고 철혈성주를 베기 위해 나아갈 것이냐?"

진조월은 답하지 않았다.

다만 그의 검이, 그의 눈이 긍정을 말하고 있었다.

장만위는 한숨을 쉬며 철검에 손을 대었다.

"듣지 않을 생각이구나. 허기야 너는 예전부터 답지 않게 고집이 세었지."

스르릉.

그리고 마침내, 검제의 검이 뽑혔다.

시중 어디에 가도 살 수 있을 법한 평범한 철검은, 그의 손에서 천하 최강의 신검으로 화하였다.

검을 뽑자 장만위의 눈동자에 마주 보기 힘든 위엄

이 어리고 온몸에서는 산 하나를 통째로 벨 듯한 예기가 일어났다.

신의건과 문아령은 그 기세의 발현을 버티지 못하고 뒤로 열 걸음이나 물러났다.

버텼다면 심한 내상으로 피를 토했을 것이다.

"무인으로서의 명예조차 챙기지 못한 채 처절한 죽음을 맞이하느니 차라리 이 자리에서, 내 명예로운 죽음을 내려 주겠다."

검을 손에 쥐자마자 평범한 늙은이는 전설의 그 모습으로 돌아갔다.

두 사람의 몸에서 일어나는 막강한 기세는 서로 부딪치며 무자비한 폭풍을 동반했다.

그들 주변에 있는 나무는 마치 수천 개의 칼날에 베인 듯 상처가 났고, 땅은 포탄을 맞은 것처럼 여기저기 터져 나갔다.

한 명은 이미 사십 년 전에 공식적으로 천하제일검의 명성을 떨친 전설의 검객이고, 다른 한 명은 천마의 후예이자, 오왕의 후예였다.

두 사람 사이로는 싸늘한 한풍조차 들어서지 못했다.

저 멀리서 까마귀가 울었다.

절대로 싸우지 말아야 할 존재였기에, 이 싸움 끝에는 비참함밖에 남을 것이 없다는 것을 알려 주는 울음이었다.

그러나 진조월의 귀에는 이미 까마귀의 목소리가 들리지 않았다.

광야법공의 공능으로 내상이 빠르게 치유가 되었다고는 하나, 아직 그의 몸은 정상이 아니었다.

그럼에도 군림마황진기를 끌어 일으키는 그의 몸에서는, 이전과 비할 수 없는 막강한 힘이 뿜어지고 있었다.

한이 서린, 슬픔이 가득한 힘이었기에 도리어 거셀 수밖에 없는 기세였다.

장만위의 눈이 살짝 흔들릴 때.

진조월의 파검이 무시무시한 궤적을 그리며 휘둘러졌다.

초전부터 전력을 내뿜는 일격, 절대마검식인 혈예수라검의 규호참영(叫號慘影)이었다.

수백만 명이 지옥에서 절규를 내지르는 듯했다.

오싹한 귀기와 함께 무참한 검강(劍罡)이 공간을 지배하며 장만위에게 밀려 들어갔다.

기세에 밀려 뒤로 멀찍이 물러나면서도 신의건은 확신했다.

인간이라면 저 검식을 버텨 낼 수 없다.

살아 있는 모두가, 살아 있지 않은 존재조차도 저 수백 개의 검강 아래 먼지처럼 스러질 것이다.

살점 하나 남지 않고 분쇄해 버릴 것이다.

그렇게 본다면 상대는 살아 있는 자도, 살아 있지 않은 자도 아니었다.

장만위의 철검이 부드럽게 허공을 몇 번 휘젓자 진조월의 무시무시한 검강들이 모조리 소멸되었다.

도대체 어떻게 소멸시켰는지 눈을 뜨고도 보지 못할 정도로 기이한 일이었다.

그러나 진조월은, 그 정도쯤이야 이미 예상했다는 재차 검을 휘둘렀다.

상대는 친분을 떠나 전설로 칭해지는 검객 중에 검객.

전력을 다해도 부족한 절대고수인 것이다.

규호참영에 이은 참제광위(斬帝狂位)였다.

이전 사신마도 고산과 겨루었을 때, 그가 낼 수 있었던 최고의 검식이 지금은 최고를 넘어선 위력으로 나아갔다.

장만위의 얼굴에 언뜻 긴장이 스쳐 갔다.

백이십 년을 넘게 산 그에게 이만큼이나 긴장을 느끼게 했던 무인이 몇이나 있었던가?

그는 긴박한 와중에도 정녕 감탄하지 않을 수 없었다.

'이렇게 컸다니.'

그의 검이 부드러운 검결에서 벼락처럼 빠른 검으로 바뀌었다.

한 줄기 빛으로 화한 철검은 장만위의 손을 떠나 허공을 수백 번, 수천 번을 꿰었다.

마치 보이지 않는 실로 조종이 되는 것처럼 철검은 진조월의 파검에서 솟아난 십여 장 크기의 거대한 검강을 천천히 소멸시켰다.

신의건은 침을 꿀꺽 삼켰다.

"이기어검(以氣馭劍)……."

검을 쥔 자라면 꿈에서라도 이루고 싶어 하는 절대경지.

마음으로 검을 조종하여 천리 밖의 나뭇잎도 꿰뚫어 버린다는 천외천의 경지가 눈앞에 나타난 것이다.

바꿔 말하자면, 장만위에게 이기어검을 사용케 할 정도로 진조월의 검이 무시무시했다는 것이기도 하다.

사람이 막을 수 없는 악마의 검을 검제의 검은 막아 냈다.

진조월의 눈에 흉광이 떠올랐다.

군림마황진기가 극성으로 달아오르며 그의 등 뒤로 마황을 드러낸다.

그 섬뜩한 형상에 문아령은 주저앉았고 신의건은 검을 뽑아 땅에 꽂았다.

그러지 않고서는 감히 몸을 일으키지도 못할 것 같았다.

고산과의 결전에서도 완성되지 않아 꺼내지 않았던 검.

군림마황진기와 광야법공이 하나로 합쳐지며, 왠지 모르게 사용할 수 있을 것 같았던 혈예수라검 최후의 초식.

과거 마인들의 신이라 불리었던 천마조차 한평생 두 번밖에 꺼내지 않았다는 강호 무림 역사상 최악의 초식이 마침내 이 이름 없는 야산에 나타났다.

참공참사일광(斬空斬死一光).

공간을 베고 죽음마저 베는 단 한 줄기의 빛.

검광의 영역 안에 드는 자, 신이라도 감히 생존을 장담할 수 없다는 진정한 천마지검(天魔之劍).

장만위의 입에서 급박한 기합성이 터져 나왔다.

"크하압!"

그의 검 역시, 한평생 익혔던 검도(劍道)의 최고봉 풍룡식(風龍式)을 따라 휘둘러졌다.

그리고.

스르르.

장만위의 철검은 가루가 되었고, 파검은 저 멀리 날아가 땅에 깊숙이 박혔다.

유례를 찾아보기 힘들 정도로 막강한 검초들의 부딪침이었지만 극점까지 집중시켰던 힘이었던 만큼 서로 소멸되는 것도 조용했다.

"쿠에에엑!"

진조월은 땅을 짚고 한 사발이나 되는 피를 토했다.

안색은 귀신처럼 창백했고, 사지가 떨리는 것을 보니 손 하나 까딱하는 것도 무리인 듯했다.

장만위의 얼굴 역시 내상으로 창백했지만, 그래도 진조월보다는 나아 보였다.

그는 실타래처럼 흐르는 입가에 피를 닦아 내고는
말했다.

"실로 무서운 검이었다. 천마의 검이라 한들, 아니,
천마의 검이기에 그 정도로 익히는 것조차 불가능에
가깝지. 만약 일 성의 화후만 더 있었더라도 내 몸은
먼지로 사라졌을 게다."

진조월이 부들부들 떨리는 눈으로 장만위를 바라보
았다.

천하의 검제에게 내상을 입힐 정도로 박빙의 승부를
펼쳤다면, 그야말로 신화라 불리기에 부족함이 없지만,
안타깝게도 누구 하나 박수 칠 상황은 되지 못했다.

장만위의 손가락이 허공을 찍었다.

동시에 진조월이 정신을 잃고 푹 쓰러졌다.

그의 혼혈을 허공에 검기를 생성해 내 짚은 것이다.

심한 내상을 입은 와중에도 이와 같은 신위를 발할
수 있는 자, 그는 진정 검제라 불릴 만했다.

힘을 잃은 진조월의 몸은 허공에 둥둥 뜨며 장만위
의 눈앞으로 다가왔다.

그를 바라보는 장만위의 눈에 짙은 슬픔이 어렸다.

신들의 격돌을 보면서 넋을 잃었던 신의건은 정신을

차리고 재빨리 다가와 검을 뽑았다.

차아앙!

발검의 소리가 놀랍도록 깔끔했다.

천하 최고수 앞에서도 그는 기가 죽지 않았다.

장만위의 눈이 신의건에게 닿았다.

한바탕 전투를 끝낸 후 장만위의 눈은 그야말로 칼날과 같았다.

신의건은 두 눈이 파열되는 고통 속에서도 묵직하게 말했다.

"그를 내려놓으시지요."

"……."

"대선배님께 검을 뽑은 죄, 천 번 죽어 마땅하지만, 친우가 이대로 죽는 꼴을 보지는 못하겠습니다."

신의건의 검첨이 장만위에게 향했다.

놀랍게도 그의 몸에서 막강한 기세가 흐르고 있었다.

검제의 압도적인 존재감 앞에서도 그는 기세를 일으키고 있는 것이다.

단순히 힘의 문제를 떠난 정신력의 문제였다.

장만위는 나직이 감탄했다.

"대단하구나. 보아하니 보타의 제자인 듯한데……."

"맞습니다."

"보타의 제자라면 함부로 검을 뽑지 말라 배웠을 터, 너희를 해하고 싶은 마음 따위는 없으니 이만 착검(着劍)하거라."

"그럴 수 없습니다."

"뭐라?"

"제가 원래 본문에서도 사고뭉치로 유명했습니다. 본문의 검은 결코 가볍지 않지만, 저의 검은 그리 무겁지 못한 모양입니다."

신의건의 눈에 기광이 흘렀다.

"친구가 죽는 걸 두 눈 빤히 뜨고 볼 수 없습니다."

"허허."

대선배라는 말조차도 실례가 될 만큼, 강호에서 장만위의 위치는 높고도 높다.

그럼에도 검을 뽑아 드는 기개와 두 눈 가득한 정광이라니.

'인걸이로다.'

목숨을 잃을 각오를 하고 검을 뽑는 기개.

한 번 옳다고 생각한다면 대선배에게라도 검을 겨누는 패기.

피 한 방울 섞이지 않은, 친우를 생각하는 진한 마음.

능히 대협이라 불리기에 부끄럽지 않은 모습이었다.

"월이가 그래도 인복은 있는 편이로구나."

그는 가볍게 한숨을 쉬며 등을 돌렸다.

"너희가 끼어들 일이 아니다. 그렇다고 내 손으로 월이를 죽일 생각도 없다. 나는 이대로 월이를 성으로 데려갈 생각이다. 그러니 이만 검을 내려라."

"죄송하지만, 그래도 검을 내릴 수 없습니다."

"뭣이?"

"진 형은 돌아가길 원치 않습니다. 그것이 도의적으로 어긋나는 문제가 아니라면 나는 친구의 뜻을 존중할 필요가 있습니다. 안타깝지만 선배님의 말씀을 들을 수 없습니다."

장만위의 눈에서 노기가 일었다.

아무리 대단한 인재라지만 이쯤 되면 그로서도 인내심의 한계를 느끼는 것이다.

"감히 내 앞에서 그리 말하는가? 이제 서른이나 넘은 어린 후배가!"

칼날과도 같은 예기가 온 산을 가득 뒤덮는다.

내상을 입었음에도 이와 같은 신위를 발휘함이 실로 놀랍지만 신의건은 식은땀을 흘리면서도 꿋꿋이 참아 냈다.

놀라운 정신력이었다.

"부탁드리겠습니다. 천하제일검 검제 장만위 대선배에게가 아닌 진 형의 스승님께 부탁드리겠습니다. 부디 진 형의 뜻을 존중해 주십시오."

그것은 또 다른 충격이었다.

장만위의 눈이 가볍게 흔들렸다.

"검제 선배님께서는 중재에 나선다고 하셨습니다. 저는 정확한 사정 같은 건 모릅니다. 하지만 단 한 번도 진 형의 말을 제대로 듣지 않으셨잖습니까? 데려가시려거든, 진 형의 말이라도 한 번 듣고 데려가십시오. 그것이 수순이 아니겠습니까?"

검을 겨누면서도 당당하며 상대를 설득한다.

전혀 어울리지 않는 언행이었지만, 묘하게 가슴을 파고드는 뭔가가 있다.

장만위는 한참이나 어린 애송이의 말에 자신이 흔들리고 있음을 인정하지 않을 수 없었다.

틀린 말은 아니지 않은가.

하지만 그는 고개를 저었다.

"외인이 참견할 일이 아니다. 지금까지의 무례는, 무례가 아닌 패기로 감탄해 주겠느니라. 그러니……."

"말씀하시는 와중에 죄송합니다만 설령 이 자리에서 목숨을 잃는 한이 있더라도 검을 내려놓지 못합니다. 진 형을 데려가시려거든 그의 말을 들어 보시든지 아니면 절 죽이고 가십시오."

그저 남의 일에 불과하거늘, 목숨을 걸 정도였는가.

묵묵히 신의건의 눈을 바라보던 장만위는 나직이 탄식했다.

'성주. 그대는 도대체……'

천하에서 짝을 찾기 어려운 고수가 그였지만 그렇다고 상대를 함부로 죽이는 되먹지 못한 자가 아니었다.

대협은 아니어도 사리에 밝은 사람이라 능히 자부했던 자신이었다.

살짝 눈을 감은 장만위가 다시 눈을 뜬 것은 일각이라는 시간이 지나고서였다.

"따라오너라."

신의건의 표정이 밝아졌다.

"감사합니다. 선배님의 은혜에 진심으로 감사드립

니다."

"감사할 것 없다. 그저 월이의 말을 들어 볼 필요가
있다고 생각했을 뿐이다."

그렇게 장만위와 진조월, 신의건과 문아령은 산을
벗어났다.

그들이 지나친 산은 수천 개의 칼날로 몸을 앓으며
그렇게 싸늘한 한풍만을 맞이하고 있었다.

*   *   *

화염은 멎고 드러난 시체들은 수를 헤아릴 수가 없
었다.

그러나 그보다도 흉험한 전투가 일어난 이곳에서는
오직 파공성만이 들려올 뿐이었다.

다섯 괴인들의 힘은 실로 놀라웠다.

은밀히 파고드는 신법이나 은신술은 둘째 치고, 조
용히 스며들다가 느닷없이 질러지는 공격은 제아무리
절대적인 무력을 소지한 당무환과 단기중이라도 기가
질리지 않을 수 없었다.

한 명이라면 가볍게 이길 수 있다.

둘이어도 지진 않는다.

그러나 셋이 되면 전투의 승패를 알기 힘들며 넷이면 필패가 된다.

그들이 지닌 합격술 역시 기가 막혔다.

다섯이서 마치 한 몸인 것처럼 기가 막히게 공격을 해 오는데 어지간한 고수라도 그냥 목숨을 잃을 정도로 살벌한 공격이었다.

그들의 무공은 단 하나였다.

조법(爪法).

강철보다도 더 단단한 시커먼 손톱을 내세우며 공격하는데 어떻게 된 손톱인지 단단하게 언 땅을 두부처럼 파내고 있다.

하지만 기가 죽을 당무환과 단기중이 아니었다.

오히려 이전까지 평화롭게 살았던 삶은 전부 거짓이었다는 듯 코웃음을 치며 주먹질을 하는 단기중의 무공에는 언뜻 흥겨움마저 깃들어 있었다.

제대로 맞상대할 이를 그간 찾기 어려웠던 탓이리라.

퍼엉!

한줄기 권풍에 얻어맞은 괴인 두 명이 멀리 날아가 벌렁 자빠졌다.

그러나 그깟 권풍이야 별것도 아닌 것처럼 벌떡 일어나 재차 공격을 가하는데 죽어도 체력이 떨어지지 않을 것 같았다.

당무환은 신화삼장의 무공을 펼쳐 내면서도 침착한 눈으로 다섯 괴인들을 살폈다.

도대체 어떻게 생겨 먹은 종자들인지 알 수는 없지만, 그들의 몸뚱이는 경탄이 나올 정도였다.

단기중의 주먹이라면 바위도 가루처럼 부수고 철구도 그냥 쪼개 버리는 살벌한 위력이 그득하거늘 그 주먹을 맞고도 벌떡 일어나 재차 공격을 해 온다.

'무슨 몸뚱이가 저리도 단단한가.'

정말 무림의 지식이 해박하지 않았다면 전설에나 나오는 금강불괴(金剛不壞)가 아닌지 의심했을 것이다.

물론 그들의 몸이라고 금강불괴는 아닐 것이다.

당무환의 쌍수가 순간 수십 개로 변해 사방을 짚었다.

이미 불이 붙은 그의 손에서는 신화삼장 중 멸화(滅火)를 뿜어내고 있었다.

사람 몸뚱이만 한 불덩이 수십 개가 마치 살아 있는 듯 다섯 괴인들을 향해 쏟아진다.

꺼지지 않는 불꽃, 더군다나 폭발력까지 동반하는 멸화의 장법은 바위도 가볍게 녹일 수 있다.

이번 공격은 부담스러웠는지 다섯 괴인들이 서둘러 피해 냈다. 하지만 화염구는 끈질기게 그들을 따라갔고, 결국 한 괴인의 몸에 적중하기에 이르렀다.

콰앙!

마치 벽력탄이 폭발한 것처럼 괴인의 몸이 크게 흔들리며 삼 장이 날아가 바닥에 처박혔다.

의복은 이미 전부 타 버렸고 몸에 붙은 불도 꺼지지 않는다.

그럼에도 쓰러진 괴인은 벌떡 일어나 당무환을 노려보았다.

그 모습은 당무환조차 흠칫하게 만드는 기괴함이 있었다.

사람이었다면 찰나에 몸이 녹아 버렸어야 마땅할 불길이었다.

한데 괴인의 몸은 무엇으로 만들어졌는지, 불이 붙었음에도 멀쩡한 형상을 유지하고 있다.

체모는 홀랑 타고 피부도 천천히 화상을 입어 가고 있지만, 열기의 농도를 생각하자면 말도 안 되는 일이다.

단기중의 얼굴이 굳어졌다.

이건 단순히 무공의 고하를 떠나서 무공의 상성 문제였다.

퍼뜩 깨닫는 게 있었다.

"이놈들…… 작정하고 만든 것들이군."

묘한 울림이 있는 말이었다.

"그렇구나. 우리를 노리고 만든 것들이야."

불이 붙어도 당장 타 죽지 않는 피부. 단기중의 막강한 주먹에도 일어서는 내구성.

필시 오왕이나 전왕의 살기에도 파멸당하지 않을 정신력까지 갖추고 있을 것이다.

하지만 그것이 당무환과 단기중의 기세를 죽이지는 못했다.

"재미있군. 얼마나 단단한지 시험해 주마."

칠 년 전의 자신들을 상대로 만들었다면 실수한 것이다.

칠 년 동안 자신들이 얼마나 발전했는지 알았다면 입에 거품을 물리라.

단기중의 몸에서 파천종의 무시무시한 기세가 극한까지 달아오르고 있었다.

순간 그 자리에서 연기처럼 사라진 단기중이 불이
붙은 괴인의 전면에 나타나 주먹을 휘둘렀다.

콰앙! 쾅! 쾅!

앞뒤 가리지 않고 주먹질만 하는 그였다.

괴인은 손을 휘둘러 어떻게든 단기중을 공격했지만,
정작 괴인의 손짓은 애꿎은 허공만 갈랐다.

쾅! 쾅!

작정을 하고 얼굴만 죽어라 후려치는 단기중이었다.

그 패악한 주먹질에 괴인이 점점 뒤로 밀렸다.

아무리 단단하다지만 천붕, 하늘조차 부숴 버린다는
말이 나오는 단기중의 주먹이었다.

점점 괴인의 머리가 함몰되어 가고 있었다.

단기중의 몸에도 꺼지지 않는 불이 옮겨 붙었다

그러나 단기중의 눈은 냉정했고, 주먹질은 멈추질
않았다.

쾅! 쾅! 쾅! 쾅!

네 명의 괴인들이 그를 도우려 달려갔지만, 그 앞으
로 멸화를 뿜어 막아 버린 당무환이었다.

단기중의 눈에서 활화산처럼 타오르는 기세를 본 당
무환이었다.

저럴 때의 단기중은 누구도 막을 수 없다.

상대가 부서질 때까지 주먹질을 멈추지 않을 것이다.

과연 그러했다.

세상 모든 걸 다 막을 방패도 기어코 우그러트린다
는 신념 아래 권법을 배웠던 단기중이었다.

그의 강철보다도 단단한 철권이 마침내 괴인의 머
리를 절반 이상 함몰시키고 이윽고 목까지 꺾어 버렸
다.

뇌가 박살 나고, 목뼈가 으스러졌음에도 살아날 수
있는 존재는 세상에 없다.

그것이 강시라 해도.

몸에 불이 붙은 괴인은, 이제 진짜 시체가 되어 땅에
허물어졌다.

털썩.

"후읍."

가볍게 심호흡을 하는 단기중의 눈은 스산한 살기로
그득했다.

상당한 진기를 소모했지만, 결국 괴인 하나를 박살
내는 데에 성공했다.

그는 파천종의 강인한 기세로 옷에 붙은 불을 거둬

냈다. 놀랍게도 그의 진기 운용은, 꺼지지 않는 불꽃조차 소멸시킬 수 있었다.

당무환은 피식 웃었다.

"이젠 막가자는 거냐?"

"먼저 발동 걸리게 만든 건 이놈들입니다."

"이것들만 있으리란 보장이 없다."

즉, 나중을 위해서 힘을 아껴야 한다는 말이다.

단기중은 웃음으로 대답했다.

"그러면서 당 선배의 눈에 나오는 기세는 꺼질 줄 모르는구려."

"그렇다면…… 그건 자네가 불을 붙인 이유겠지."

단기중의 파괴적이고도 호쾌한 주먹질을 보고도 피가 끓지 않는다면 무인이 아니리라.

당무환의 몸에서 축융종의 불꽃이 극성으로 치달았다.

붉게 일렁이는 불꽃이 점점 파랗게 변해 갔다.

온도가 급속도로 올라가며 그의 주변의 땅이 지글지글 녹기 시작했다.

"이왕 이리된 것, 조속히 해결하고 쉬어야겠다."

이전의 불꽃은 어떻게든 버텼지만, 청염(靑炎)으로

이글거리는 당무환에게는 다가서지조차 못하는 괴인들이었다.

비칠비칠 물러서는 그들은 본능적으로 깨달았다.

이전과는 수준이 다른 무력이자 불꽃임을.

만일 몸에 청염이 닿는다면, 그 순간 증발하리라는 것을.

신화삼장이라는 무공도 능히 강호 일절이라 할 만하나, 그것은 축융종에서 기본공에 불과한 것.

대성을 하는 순간 축융종은 또 다른 절학을 토해 내니 그것이야말로 진정한 축융신의 강림이라.

그의 장심에서 이글거리는 청염이 한 줄기 화살이 되어 괴인 한 명에게 쏘아졌다.

그 속도란 가히 전광석화.

괴인은 몸이 크게 튕겨지며 뒤로 물러섰다.

그의 가슴에 주먹만 한 구멍이 뻥 뚫렸고 구멍은 이글거리며 점점 크기를 확신시키고 있었다.

맞는 순간 죽음이다.

인간이라면 당연히 버틸 수 없고, 인간이 아닌 귀신이라도 버틸 수 없다.

축융종 최강의 무공인 염화신수(炎火神手)에 격중당

한 괴인은 온몸이 푸른 불꽃으로 물든 채 재가 되어 날아갔다.

눈으로 보고도 믿기 힘든 광경.

단기중은 투덜거렸다.

"이거야 원, 겁나서 나중에 대무 신청도 못하겠군."

말하면서도 무시무시한 신법으로 괴인 한 명의 멱살을 잡고 그대로 밀어붙이는 단기중이다.

괴인의 손톱이 단기중의 몸 여기저기에 상처를 냈지만, 그는 내색조차 하지 않고 냉정하게 주먹질을 가했다.

퍼억! 퍼억!

두 눈을 파괴한 패왕의 주먹은 일순 시커먼 소용돌이에 물들었다.

천붕팔식을 넘어선 파천종 최강의 무공, 회륜마식(回輪魔式)이 펼쳐진 것이다.

퍼어엉!

강철보다도 단단한 괴인의 머리통이, 그 한 번의 주먹으로 사라져 버렸다.

권력(拳力)이 얼마나 대단했던지 괴인의 머리통을 소멸시키고도 힘이 남아 땅에 오 장 깊이의 구덩이까지 만들어 냈다.

남은 두 괴인들이 비칠거리며 물러섰다.

이미 이성이 남아 있지 않은 그들이었지만 두 명의 괴물들이 만들어 낸 참상은 꼭꼭 숨어 있던 '공포'라는 감정을 끌어내고 있었던 것이다. 아예 수준이 다른 무공이었다.

"난전 중에 암습이라면 몰라도, 정면대결에서 우리를 상대하려면 백 년 정도 더 수련해야 할 거다."

냉정한 단기중의 말. 올라가는 당무환의 손.

푸른 불꽃이 괴인들을 덮쳤다.

그렇게 귀문의 고수들을 위시로 한 다섯 괴인들까지 이승을 떠나야만 했다.

그 시간은 백성곡이 세 명의 절대고수들을 피떡으로 만든 시간과 정확하게 일치했다.

그리고 그 순간.

그들이 서 있던 산 주변으로 몰려든 수백 명의 무사들이 일사분란하게 움직이며 땅에 무언가를 꽂아 버렸다.

지기(地氣)의 흐름을 막고, 산의 정기를 고이게 만

들며 사상(四象)과 오행(五行)을 역으로, 더불어 더없이 짙은 원한이 그득한 마기(魔氣)의 무구 백 개가 땅으로 파고들었다.

나름 현현했던 산의 정기는 마기에 오염되어 귀산(鬼山)으로 변모했고, 삽시간에 음산한 안개로 가득 끼이게 되었다.

산 전체가 암흑으로 물들었다.

강호 역사상 세 번째로 모습을 드러낸 광범위 파멸진(破滅陣).

앞서 두 번의 경우도 깨지지 않았던, 설사 절대고수라 해도 결코 무너트릴 수 없다는 죽음의 진법.

백수십 년 만에 나타난 대라마혼진(大羅魔魂陣) 속으로 세 명의 왕이 갇혀 버렸다.

외전(外傳)

묵직한 장군검이 허공을 갈라내며 피륙으로 일구어
진 인형의 목을 꿰뚫었다.

"커헉!"

제대로 된 비명조차 지르지 못한 병사는 그대로 허
물어졌다.

경동맥까지 깔끔하게 뚫어 버린 장군검. 거칠게 튄
피가 얼굴을 가득 덮었지만 청년의 안색은 변동이 없
었고, 눈동자는 파랗게 빛나고 있었다.

결의에 찬 눈동자.

오른손에 쥔 장군검과 왼손에 쥔 장창이 햇살 아래

뜨겁게 달아오르고 있었다.

"좌측 지원! 좌측 지원!"

"제길! 후방을 막아!"

이런 난전 중에서는 제대로 된 명령체계가 나올 수 없다.

사전에 아무리 유념을 받았어도 죽고 죽이는 미친 귀신들의 연회장에서 무슨 이성이 있고 명령이 있단 말인가.

그저 누가 더 열심히 상대를 죽이느냐의 문제일 뿐이다.

그럼에도 몽고군의 진영은 단단하게 짝이 없어 쉽사리 뚫기가 어려웠다.

그것은 저 멀리 한가운데에서 능수능란하게 군을 이끄는 한 명의 장수 덕분일 것이다.

몽고 황실 출신으로 비록 핏줄을 인정받지는 못했지만, 지닌바 무력과 지략이 출중하여 최고 명장 중 하나로 손꼽히는 자.

명의 표기법으로 철양진(鐵陽鎭)이라는 이름을 가진 비운의 장수.

그를 향해 청년은 한 줄기 살기를 쏘아 보냈다.

과연 이 머나먼 거리에서도 자신을 향한 살기 하나를 정확하게 알아본다.

  철양진의 고개가 청년을 향했다.

  두 명장의 눈동자가 부딪쳤다.

  절대로 질 수 없는 이유가 있을 것이다.

  철양진은 다시 일어설 북원의 야망을 위해, 청년은 고향으로 다시 돌아가기 위해서.

  상일엽이 몽고병의 목 하나를 날려 버리고선 거친 숨을 몰아쉬며 청년의 옆으로 붙었다.

  "대장! 아무래도 정면 돌파는 어려울 것 같습니다! 우회해서 시간을 끈 뒤 지원군을 기다리는 게 나을 듯 싶습니다!"

  합리적인 판단이고 이성적인 판단이었다.

  어느새 야차부대는 살육의 전장을 전전하며 살인에 완벽히 익숙해져 버렸다.

  청년은 피와 비명이 난무하는 전장 한가운데서 조용히 입을 열었다.

  "일엽."

  "예, 대장!"

  "이번 전쟁이 분명 마지막이라고 했지?"

몇 년 동안 끌어온 전쟁이었다.

물론 앞으로도 이어질 것이고, 그것이 몇 년이나 갈지 모른다.

하지만 중요한 것은, 야차부대에게 있어서 그리고 청년에게 있어서 지금의 이 전투가 마지막 전투라는 것뿐이었다.

이번 전쟁만 승리할 수 있다면 고향으로 돌아갈 수 있다.

그립고 그리운 그들의 품으로 돌아갈 수 있는 것이다. 그 하나의 목적이 청년의 눈을 더없이 차갑게 만들었다.

평소와는 다른 대장의 모습에 상일엽은 묘한 이질감을 느꼈다.

"대장님!"

"이번 전쟁에서 승리한다면, 우리는 고향으로 돌아갈 수 있어. 그렇지?"

"그렇습니다."

"나는 하루라도 빨리 돌아가고 싶다. 그건 너도 마찬가지겠지?"

상일엽은 잠시 멈칫했다.

그는 가만히 청년을 바라보다가 이내 고개를 끄덕였다.

"당연합니다."

"좋아. 이번 전쟁, 최단시간으로 적장의 목을 베고 끝마친다."

"대, 대장님!"

"우회해서 시간을 끄나 이곳에서 버티나 결국 어려움이 바뀌지는 않아. 그럴 바에야, 내가 적장의 목을 베고 돌아오겠다."

"무리입니다! 절대로 무립니다!"

하지만 다음에 이어지는 청년의 묵직한 목소리 때문에 상일엽은 감히 무리라고 말할 수 없었다.

"돌아갈 곳이 있는 내게, 전쟁터 속 무리가 될 일은 없다."

"……!"

"부대원들의 지휘는 너에게 맡기겠다. 일각 안에 돌아오겠다."

"대장님!"

"부탁한다."

동시에 말에서 내린 청년의 몸이 화살처럼 전방으로

쏘아졌다.

그를 막기 위해 수백의 몽고군들이 화살을 쏘고 창 칼을 휘둘렀지만, 신기에 가까운 청년의 돌파력을 막 을 수는 없었다.

몽고병의 목을 베고, 팔다리를 잘라 가며 무시무시 한 속도로 돌파하는 청년은 진정 야차의 재림이라 불 리기에 부족함이 없었다.

반 각도 되지 않아 일자로 몽고군을 뚫어 버린 청년.

거친 호흡과 온몸에 가득한 상흔은 당장 쓰러져도 할 말이 없을 정도다.

필시 범부라면 서너 번은 졸도했을 상처였지만, 청 년의 눈동자는 이전보다 더욱 새파랗게 빛나고 있었다.

그 광기에 가까운 눈빛을 본 철양진은 목덜미가 시 큰한 것을 느꼈다.

수백 번의 전투에서 살아남으며, 수천의 적을 베었 던 그조차도 압도될 만한 눈빛이었다.

괴물 같은 야차 한 마리는 이 두터운 병사들의 벽을 일자로 뚫어 버리는 와중에도 결코 자신에게 눈을 돌 리지 않았다.

그것이 철담의 사내라는 철양진의 마음을 뒤흔들

었다.

"그대가 야차왕인가."

"그렇다."

"역시, 소문대로군. 지략도 지략이지만, 이처럼 무서운 무력을 가진 장군을 나는 여태 본 바가 없다."

"영광이군."

"타구르를 벤 것이 그대라고 들었다."

"철양진."

"……?!"

"나는 너의 목을 가지러 온 것이지 대화를 하러 온 것이 아니다."

오만한 내용의 말이었다.

하지만 지나치게 차가워 되레 담담하게 들리는 청년의 말은 철양진의 마음 깊숙한 곳에 숨어 둔 하나의 감정을 이끌어 냈다.

'공포'라는 감정을.

철양진이 비웃었다.

이전이었다면 모를까 딱 봐도 죽기 직전의 상태인 상대다.

저 정도라면 돌팔매질 한 번만 맞아도 쓰러질 터, 상

대의 말투가 허세로 느껴진다.

"여기까지 돌파한 건 칭찬해 주지. 하지만 네놈은 절대로 살아날 수 없을 것이다."

청년은 가타부타 대답하지 않았다.

다만 부러진 장군검을 던지고 바닥에 뒹구는 반월도를 들었다.

"잡담은 그만!"

순간 청년의 왼손에 쥐어진 장창이 엄청난 속도로 허공을 갈랐다.

시위를 놓은 화살도 이보다는 느리리라. 그 묵직하고도 빠른 번개에 철양진은 반사적으로 칼을 들어 올렸다.

따아아앙!

무시무시한 위력이다.

손목이 다 빠개질 것만 같았다. 철양진의 눈이 찢어질 듯 부릅떴다.

한 몽고군의 반월도가 청년의 옆구리를 베고.

한 몽고군의 화살이 청년의 어깨에 박히고.

한 몽고군의 창날이 청년의 허벅지를 뚫었음에도.

그의 전진은 멈추지 않았다.

무차별로 반월도를 휘두르는 그 앞에서 다시 수십의 몽고군이 쓰러졌고, 이내 자연스레 몽고군 진영은 양쪽으로 갈라졌다.

불패의 군대.

죽음으로써 영광을 얻는다는 천하의 몽고군이 단 한 명의 군장에게 겁을 집어먹고 길을 터 버린 것이다. 철양진은 이 기막힌 사태에 노호성을 지르며 활을 들었다.

"죽어라!"

파아아앙!

신력을 타고나도 당길 수 없다는 몽고군 최고의 활, 그리고 그 활을 타고 날아간 화살의 속도는 번개보다도 빨랐다.

화살은 그대로 청년의 옆구리를 꿰뚫었다.

철양진의 얼굴에 미소가 씌워졌다.

비록 즉사는 면했겠지만 저 정도면 내장을 뚫었다. 그대로 쓰러지리라.

그의 미소는 찰나 간에 굳어졌다.

옆구리에 구멍이 뚫린 채로 피를 흩뿌리며 날아오는 청년의 속도는 줄어들기는커녕 더 빨라졌다.

그리고 몽고군병들의 어깨를 밟으며 하늘 높이 날아오른 청년의 손에서 반월도가 새빨간 불꽃을 일으켰다.

그 불꽃은 너무나 매혹적이라 철양진은 멍하니 청년의 칼을 바라보았다.

서걱, 하는 소리와 함께 철양진의 몸이 그대로 양단되었다.

그가 탄 말까지 반으로 쪼개진 채, 그렇게 몽고 최고의 장수는 목숨을 잃었다.

적장을 잃은 병사들.

공포로 움직이지 못하는 병사들.

그 위로 다시 흐르는 공포에 병사들은 병기를 버리고 도망쳤다.

도망은 물론 죽음조차도 모르고 살아왔던 그들이 그대로 후퇴한 것이다. 단 한 명의 무력, 단 한 명의 의지에 의해.

상일엽이 청년에게 다가왔다.

"대장님! 괜찮으십니까?"

절대 괜찮지 않았지만, 전쟁이 끝났기에 괜찮을 수 있었다.

청년의 얼굴에 한 줄기 미소가 덧씌워졌다. 서글프

지만 약간의 흥분이 보이는 미소였다.

"이제는…… 집에 갈 수 있어……."

청년은 그대로 상일엽의 품에 쓰러졌다.

야차부대의 마지막 전투. 야차왕의 마지막 신화가 물든 전쟁.

그들은 그렇게 살아서 귀환할 수 있었다.

척박한 초원의 땅이 아닌, 기름진 그들만의 고향.

중원으로.

〈『비월비가』 제5권에서 계속〉

飛月悲歌 비월비가

1판 1쇄 찍음 2014년 9월 12일
1판 1쇄 펴냄 2014년 9월 16일

지은이 | 산수화
펴낸이 | 정 필
펴낸곳 | 도서출판 **뿔미디어**

편집장 | 이재권
기획 · 편집 | 윤영상

출판등록 | 2002년 9월 11일 (제1081-1-132호)
주소 | 경기도 부천시 원미구 상동로 117번길 49(상동) 503호 (우)420-861
전화 | 032)651-6513 / 팩스 032)651-6094
E-mail | bbulmedia@hanmail.net
홈페이지 | http://bbulmedia.com

값 8,000원

ISBN 979-11-315-3627-8 04810
ISBN 979-11-315-1144-2 04810 (세트)